KB084513

도대체 난 뭘 좋아해?

당신의 좋아하는 마음을 응원하며

들어가며

저는 좋아하는 것을 찾는 데 진심입니다. 오죽하면 좋아하는 걸 찾고 싶어서 답답한 마음에 무당까지 찾아갔을까요. 오래전부터 무엇이든 푹 빠져서 좋아하는 것이 없어서 고민이었어요. 취미, 좋아하는 연예인, 단골 가게 하나 없었습니다. 여행을 가거나, 맛있는 음식을 먹고, 좋아하는 사람들과 보내는 시간을 좋아하긴 했습니다. 하지만 그 순간만 잠깐 좋지, 삶의 만족도가 올라가진 않았어요.

저와 반대인 사람들이 늘 부러웠어요. 취향이 뚜렷한 사람, 좋아하는 거라면 눈이 반짝이는 사람, 좋아하는 걸 일상에 잘

녹여내고 잘 활용하는 사람이요. 예를 들어 제가 치즈케이크를 좋아한다면, 저는 치즈케이크를 먹고서 '맛있다' 하고 끝이거든요. 이렇게 좋아하는 게 아니라 치즈케이크 맛집을 줄줄 외우고, 단골 가게에 주기적으로 찾아가고, 집에서 직접 만들어 먹기도 하고, 주변 사람들에게 선물로 나눠주기도 하고, 어떤 음식과 먹으면 잘 어울릴지 다양하게 맛보는 사람이 되고 싶었어요. 그야말로 좋아하는 걸 씹고 뜯고 맛보고 즐길 줄 아는 사람처럼요.

무엇이든 푹 빠져서 좋아하는 사람들을 보면 일상이 행복해 보였어요. 좋아하는 것을 하면서 사는 사람들의 재미있어 죽겠다는 그 표정, 즐거움, 만족감이 부러웠습니다. 그들처럼 생기 넘치고 재미있게 살고 싶었습니다.

굳이 좋아하는 거에 그렇게까지 목매야 하냐고 물으실지도 모르겠어요. 좋아하는 게 없다고 해서 생명에는 지장이 없으니까요. 오랫동안 좋아하는 것을 찾는 일이 중요하다고 생각하지 않아서 삶의 우선순위에서 뒤로 미뤘더니 남은 건 무기력하고, 어떻게 살아야 할지 막막하고, 자신에 대해 아무것도 모르는 나였습니다.

살다 보면 언젠가는 내가 좋아하는 것을 찾을 수 있을 거라고 생각했습니다. 운명처럼 깨닫는 순간이 알아서 올 줄 알았어요. 하지만 현실은 서른 살이 넘어도 무엇을 좋아하는지 몰랐습니다.

좋아하는 것을 찾기 위해 뭐든 경험해 보려 노력해도 소용없었습니다. 정신을 차려 보니 나 자신을 모르면서 엄한 데서 나에 대한 답을 찾고 있었습니다. 질문의 방향을 나에게 향하니 무엇을 좋아하는지 조금씩 단서가 보이기 시작했습니다.

좋아하는 것이 많은 사람들의 이야기와 자신이 좋아하는 것을 한 데 엮은 이야기는 넘쳐나지만, 좋아하는 것이 없어서 고민인 사람의 이야기는 많지 않았어요. 개인적인 만족을 위해 글을 쓰다가 저와 비슷한 경험이 있는 분들에게 제 이야기가 도움 될 수도 있지 않을까 생각했습니다. 용기를 내어 온라인에 글을 연재했고, 적은 부수지만 독립출판까지 하게 되었습니다.

좋아하는 거 하면서 살고 싶은데 도대체 뭘 좋아하는지 모르는 분, 좋아하는 거 하면서 사는 사람이 부러운 분, 좋아하는 거 하나 없는 내가 매력 없다고 생각하는 분에게 이 글이 도움 되었으면 좋겠습니다. 취미가 뭔지 뭘 좋아하는지 물어보면 할

말 없는 분, 요즘 사는 게 재미없는 분, 나에 대해 알고 싶은 분에게도 제 이야기가 닿았으면 좋겠어요.

좋아하는 것을 찾기 위해 별짓 다 한 경험, 사소한 이유에도 좋아하는 마음을 포기했던 순간과 좋아하는 마음을 이어가는 데 도움이 된 경험을 책에 담았습니다. 이 책이 여러분에게 위안과 응원이 되기를, 여러분답게 무엇이든 좋아해 볼 시작점이 되기를 바랍니다.

목차

2 좋아하는 마음을 포기했던 순간

3 좋아하는 마음 이어가기

나가며

1

우당탕탕
좋아하는 것 찾기 프로젝트

디자이너에 대한 고정관념

　'디자이너'라고 하면 왠지 좋아하는 일 하면서 사는 사람 같고, 일을 즐길 것 같은 이미지가 있다. 결과물이 한눈에 드러나고 이미지를 많이 다루는 직업이라서 남들 눈에는 흥미로워 보였을까? 아니면 다른 업계보다 낮은 연봉과 잦은 야근을 보며 '그 돈 받고 저 고생을 사서 한다고? 일이 좋아 죽겠나 보다' 이런 느낌일 수도 있겠다.

　한 때는 이런 디자이너에 대한 고정관념을 즐겼고, 오랫동안 내가 디자인을 좋아하는 사람이라고 믿었다. 하지만 디자이너로 살아온 지난날을 돌이켜 생각해 보면 아니었다. 오히려 억지로 '나는 디자이너니까 좋아하는 일을 하고 있어, 남들보다 일을 즐기고 있어, 디자인이 재미있어'라고 스스로 세뇌했다.

연차가 쌓일수록 업무는 능숙해졌지만 디자인을 잘하는 것과는 별개였다. 나는 회사에서 필요한 낮은 수준의 디자인을 문제없이 해내는 사람일 뿐이었다. 누군가는 '회사원이면 그 정도만 해내면 되는 거 아닌가' 생각할 수도 있지만 스스로 만족도가 낮으니 괴로웠다. 언제부터인가 나 자신을 디자이너라고 생각하지 않았다. 누군가 직업이 뭐냐고 물어본다면 '엑셀 대신 디자인툴을 자주 다루는 회사원'이라고 소개하는 게 더 편하게 느껴질 정도였으니까.

예전에 갖춰둔 실력을 소모하면서 일을 한다는 기분이 든 지 오래됐다. 이 세상에 도태 어워즈Awards가 있다면 수상자는 의심의 여지 없이 나라고 생각했다. 디자인을 더 잘하고 싶다는 욕심이 생기지 않았다. 다른 사람이 한 완성도 높은 디자인을 봐도 부럽거나 질투 나는 감정이 들지 않았다.

내가 하고 싶은 게 없는 디자이너라는 사실은 회사에서 디자인 빌런Villain 때문에 지쳐 딴생각을 하다가 우연히 알게 되었다. 디자이너가 있는 곳엔 디자인 빌런이 있다. 그들은 기가 막히게 디자인을 이상하게 만드는 능력이 있다. 어디선가 비밀리에 개설된 '디자이너를 괴롭히는 방법'이라는 특별 세미나라도 참가한 것처럼. 빌런 김 부장에게 패배하고 내 손으로 직접 포스터를 찌라시로 수정하고 있는 모습에 자괴감을 느끼던 어느 날. 아무도 나에게 디자인 가지고 뭐라 하지 않는다면 어떨지 상상해 봤다.

'그러면 뭘 디자인해야 하지?'

만약 자유롭게 디자인 할 수 있다면 '2-30대를 타깃으로 특정한 콘셉트의 작업물을 해보고 싶고, 컬러는 밝고 화사하게, 서체는 개성 있으면서도 깔끔한 스타일을 쓰고…' 생각이 멈추지 않고 이어서 나올 줄 알았다. 놀랍게도 어떤 디자인을 하고 싶은지 아무것도 떠오르지 않았다. 평소에 불만이 많았던 만큼 하고 싶은 디자인이 분명 있었을 텐데 이상하게 내 머릿속은 백지상태였다.

지금까지 나는 디자인을 좋아하는 사람이지만 디자인을 하기 싫게 만드는 업무 환경이 문제라고 생각했다. 알고 보니 내가 하고 싶은 디자인이 없는 사람이었다는 것은 충격이었다. 오랫동안 좋아했던 대상이 갑자기 눈앞에서 뿅 하고 사라진 기분이었다.

　디자인을 좋아했던 과거의 내가 떠올랐다. 대학생 때 조별 과제에 팀원이 무임승차를 해도 디자인이 재미있어서 화 한번 안 내고 혼자 다 해버렸던 나, 유럽으로 출장 가서 컴퓨터 화면 속에만 있던 내 디자인이 실제로 구현된 모습을 보며 벅찼던 나, 유명한 디자이너가 되어 잡지에 내 디자인이 실리고 인터뷰하는 모습을 상상했던 나. 디자인과 함께한 행복했던 모습이 전부 꿈만 같았다.

　'앞으로 더 이상 이루고 싶은 꿈이 없다' 이런 말은 최고의 자리에 올라 더 이룰 것이 없는 사람들이나 하는 소리인 줄 알았다. 디자이너로서 이룬 것이 쥐뿔도 없어도 하고 싶은 게 없을 수 있다는 걸 나를 보며 깨달았다. 내가 이루고 싶은 꿈이 없는 디자이너라는 사실을 처음 알았을 땐 받아들이기 힘들었다. 잊을만하면 찾아오는 번아웃Burnout*이라 생각했고 시간이 해결

● 일에 몰두하던 사람이 극도의 스트레스로 인하여 정신적, 육체적으로 기력이 소진되어 무기력증, 우울증 따위에 빠지는 현상

해 줄 거라 여겼다. 하지만 시간이 지나도 상태는 악화될 뿐 나아지는 것은 아무것도 없었다. 이 난감한 상황을 그대로 받아들이는 수밖에.

대책이 필요했다. 언제까지 알맹이 없는 빈 껍데기 같은 디자이너의 모습으로 살 수는 없었다. 처음엔 디자인을 다시 좋아할 수 있는 방법을 찾는 쪽으로 방향을 잡았다. 하지만 역효과였다. 디자인이 더 꼴 보기 싫어졌다. 디자인은 일단 뒤로하고 다른 방법을 찾아야 했다.

좋아하는 것이 하나도 없는 사람

디자이너는 좋아하는 것이 분명하고 평소에 즐기는 취미도 당연히 있을 것 같다는 얘기를 주변에서 많이 들었다. 디자이너의 선명한 취향은 그들의 디자인 작업에서 드러나며 다른 사람들에 비해 일상생활에서도 더욱 뚜렷하게 보이기 때문이다.

나는 사람들이 생각하는 디자이너와는 많이 달랐다. 디자인을 제외하고도 딱히 좋아하는 것이 없는 사람이었다. 남들은 다 하나쯤 있는 취미도 없었다. 면접 볼 때 면접관과 대화할 소재로 쓸 수 있고, 너무 진부하지 않고, 팀원들과 잘 어울리는 외향적인 성격으로 추측이 가능하면서 누구나 호감을 느낄만한 가짜 취미만 있을 뿐.

여가 시간을 보낼 땐 할 게 없어서 스마트폰 속 세상을 둘러보는 게 전부였다. 딱히 볼 것도 없으면서 오른쪽 엄지손가락을 바쁘게 움직였다. 열렬히 좋아하는 연예인도 없고, 자주 가는 단골 맛집도 없었다. 매사에 미지근했다. 무언가를 선택할 땐 '좋아서'라기보다는 '나쁘지 않아서'에 가까웠다. 이런 내가 외계인같이 느껴졌다. 좋아하는 게 뭐 그리 어려운 일이라고. 나는 왜 좋아하는 게 아무것도 없는 걸까?

좋아하는 것을 꼭 찾아야 하는 걸까. 강박적으로 무언가를 좋아하려는 것은 아닐까. 내가 좋아하는 것이 없다는 사실은 지금까지 대수롭지 않았다. '남들보다 좋아하는 감정을 담을 공간이 작은가 보다' 하고 살았다. 이제는 좋아하는 것이 없는 나를 견딜 수가 없었다. 이상하게 마음이 쓰이고 거슬리기 시작했다. 멈춰서 지난날을 돌아보니 오랜 시간 동안 나를 돌보지 않고 방치해 둔 기분이 들었다. 나에게 '뭘 좋아해?'라고 한 번이라도 제대로 물어볼걸.

좋아하는 것이 없다는 사실은 나에 대해 아는 것이 없다는 의미와 같았다. 나에게 질문 세례를 퍼부어도 돌아오는 대답이 없었다. 나는 무엇을 좋아하고 싫어하는지, 좋으면 왜 좋고 싫으면 왜 싫은지 대답 없는 질문을 할수록 앞으로 어떻게 살아야 할지 모르겠다는 막막함만 커졌다. 좋아하는 것이 없는 내 모습은 마치 누군가가 나를 포토샵 레이어 속에 넣어놓고 투명도를 점점 투명하게 조절하는 것처럼 느껴졌다.

주변 사람들도 딱히 좋아하는 것을 하면서 만족스럽게 사는 것 같지 않았다. 바쁘게 사는 그들에게 대뜸 "난 좋아하는 게 없어. 나에 대해 아는 것 하나 없는 바보라고…." 고민을 털며 당황스럽게 하고 싶진 않았다. 가벼운 위로는 해주겠지만 해결책을 기대하기는 어려워 보였다.

지인들에게 고민 상담을 하기보다는 온라인에서 좋아하는 것을 하면서 사는 사람들에 대한 이야기를 찾기 시작했다. 내 주변에서는 보기 힘들었는데 생각보다 멋지게 사는 사람들이 많았다. 내가 따라 하고 싶은 삶이 존재한다는 사실에 설렜다. 내 마음을 읽은 듯이 필요한 말을 해준 사람들을 발견할 때마다 캡처해서 저장했다. 저장한 사진을 새 폴더에 넣어야 할 만큼 제법 많이 모았다. '좋아하는 것'과 '재미'를 주제로 여러 장 저장한 사진을 보니 이게 바로 내가 원하는 삶이라는 걸 알았다.

좋아하는 것을 하면서 사는 사람들은 자신의 인생에서 재미를 쫓아갔다. 재미를 못 느끼면 억지로 하지 않았다. 재미있으면 취미에서 그치지 않고 일까지 이어가기도 했다. 나의 흐리멍덩한 동태 눈빛과는 다르게 그들의 눈빛은 생기가 돌았다. 그들처럼 내가 좋아하는 것이 뭔지 정확히 알고 그걸 하면서 살고 싶어졌다. 그들을 보며 부러운 점이 몇 가지 있었다.

1. 높은 삶의 만족도

그들은 자신이 무엇을 하면 즐거운지 잘 알고 있다. 일상 곳곳에 자신이 좋아하는 것을 잘 놔두었다가 언제든 꺼내어 쓰는 생활방식이 건강하게 느껴졌다. 스트레스를 받거나 지쳤을 때 자신이 좋아하는 것을 통해 치유한다. 여유가 있을 땐 시간을 흘려보내지 않고 좋아하는 것을 하는 시간으로 채워나간다. 이런 모습을 봤을 때 좋아하는 것을 하면서 사는 사람들은 일상에 대한 만족도가 높아 보였다.

2. 주체적인 삶

자신만의 기준이 있어서 다른 사람에게 휘둘리지 않는다. 타인의 시선보다 나의 만족이 우선인 삶을 지향한다. 다수의 사람들이 쉽게 하는 말과 유행을 따르지 않고 자신에게 집중하면서 살아간다.

3. 자기만의 색깔

어렸을 때부터 자기만의 색깔이 있는 사람을 좋아했다. 자기만의 색깔은 바지와 신발 사이에 살짝 보이는 양말에서 나타나기도 하고, 정성스럽게 쓴 손 편지 글씨체에서, 자신만의 시선으로 바라보며 찍은 사진에서도 나타난다. 마치 가만히 있어도 '난 이런 사람이야'라고 드러나는 것 같았다.

4. 자신 있는 태도

그들은 자신이 좋아하는 것이 분명한 만큼 싫어하는 것도 분명했다. 어떻게 하면 좋아하는 것을 하면서 살 수 있을까를 고민하고, 이를 통해 앞으로 어떻게 살아야 할지에 대한 삶의 방향성을 남들보다 뚜렷하게 가지고 있다. 미래는 누구도 알 수 없지만 본인의 미래를 자신 있게 그려나갔다.

지금 내게 필요한 것은 좋아하는 것을 도대체 어떻게 찾느냐였다. 자기 나름대로 좋아하는 것을 어떻게 찾았는지 알려준 사람도 있었지만 그건 본인에게 맞는 방법일 뿐이었고, 나에게 맞는 방법이 필요했다. 그래도 그들이 공통으로 말한 것이 있었다. 지금 바로 무엇이든 해보라는 것.

앞으로 나 혼자만의 프로젝트 '좋아하는 것 찾기'를 시작하기로 했다. 더 이상 매사에 그냥저냥 그럭저럭 살지 않기로 다짐했다. 평생 좋아하는 것이 무엇인지 모르고 사는 삶은 상상만 해도 끔찍했다. 그동안 외면하고 살았던 재미라는 가치를 기준으로 하고 싶은 것을 선택하고, 좋아하는 것을 찾아서 낮아진 삶의 만족도를 높이고 싶다. 뭐든 푹 빠져서 좋아하고 시간 가는 줄 모른 채 몰입하고 싶다. 다시 디자인이 좋아질지 전혀 상상도 못 한 무언가가 좋아질지 모르겠지만, 내가 좋아하는 것을 찾으러 간다.

재미있는 운동 없을까?

요가, 필라테스, 헬스, 스피닝, 스트레칭, 홈트레이닝…. 지금까지 다양한 운동을 해봤다. 하지만 지속해서 운동했던 적이 없었다. 운동을 두 달 하고 안 맞아서 일 년 쉬고, 다시 새로운 운동 몇 달 하다 또 그만두는 식이었다. 지속하지 못하는 이유는 재미가 없었다. 분명 하고 싶어서 내 돈 내고 등록했으면서 어찌나 가기 싫던지. 가기 싫은 만큼 운동을 하고 나면 뿌듯함을 배로 느낄 수 있는 장점이 있었지만, 운동하는 내내 죽상을 하면서 끝난 후에 기쁨을 느끼는 것보다 운동하는 동안 즐거움을 느끼고 싶었다.

재미있는 운동을 해야겠다는 생각이 들었다. 근력, 다이어 트, 유연성을 목표로 하지 않고 오로지 '재미'를 목표로 운동을 하고 싶었다. 그런 운동이 뭐가 있을까?

댄스 경연 프로그램인 '스트릿 우먼 파이터 1'(이하 스우파) 애청자로서 새롭게 시작하는 '스우파 2'를 놓칠 수 없었다. 댄스팀이 등장하는 장면이었는데 한 댄서의 얼굴이 화면에 크게 나왔다. 얼굴이 하얗고 인상이 순하게 생겼다. 팀원들도 다들 순하게 생겼다. 팀 로고까지 말랑말랑하게 생겨서 뭔가 약해 보였다. '저래서 살아남을 수 있겠어? 금방 떨어지겠네' 생각했다.

하지만 그 댄서가 춤을 추는 순간 내 생각이 잘못됐다는 것을 바로 깨달았다. 첫인상 최약체 댄서의 힘 있고 세련된 춤을 보고 단숨에 빠졌다. 그녀의 반전 매력에 완전히 반해버렸다. 댄서의 이름은 바다. 아이돌 에스파aespa의 디근춤도 바다가 만든 거라고 했다. '스우파 2'를 매주 챙겨 보다가 홀린 듯이 K-POP 댄스 수업을 알아봤다. 댄스 수업하는 곳은 각각 특징이 있었다.

1. 댄스 스튜디오

스우파에 출연한 사람들이 직접 가르치는 곳이 있었다. 팬심으로 좋아하는 댄서에게 직접 배울 수 있다는 장점이 있었다. 하지만 홍보 영상을 보니 나처럼 아무것도 모르고 취미로 순수하게 춤을 배워보고 싶은 사람들이 아니라 댄스에 뜻이 있는 사람들이 가는 곳 같았다. 수강생들의 패션도 예사롭지 않았고 사람들에게 둘러싸인 채 춤추는 모습을 화면으로만 봐도 온몸의 기운이 빠져나갔다.

2. 댄스 아카데미 체인점

주요 지하철역 근처에 댄스 아카데미 체인점이 있었다. 1번보다 취미로 춤을 배우는 사람들이 많아 보였다. 체인점인 만큼 나름 체계도 있지 않을까 싶었다. 주 2회, 주 3회 시간대별로 다양하게 수업이 있었다.

3. 문화센터

백화점, 쇼핑몰 문화센터에도 댄스 수업이 있었다. 시설은 2번보다 깔끔했지만 주 1회 수업밖에 없었다. 수업 시간도 2번보다 짧았다.

2번과 3번 중에 고민하다가 2번에 다니기로 했다. 일 끝나고 저녁에 주 2회씩 다니면 딱 좋을 것 같았다. 설레는 마음으로 첫 댄스 수업을 들어갔다.

70분 수업 중 35분은 스트레칭, 나머지 35분이 춤을 배우는 시간이었다. 우선 빠른 음악에 맞춰서 선생님을 따라 스트레칭 동작을 했다. 춤의 기본기 동작을 변형한 스트레칭 동작이었다. 동작을 배우는 시간 없이 바로 따라 하래서 당황했지만 생각보다 할 만했다.

문제는 근육을 강하게 늘리는 스트레칭을 할 때부터였다. 잊고 있었다. 내가 엄청나게 유연성이 없는 사람이라는 걸. 양 옆으로 다리 찢기, 다리 앞으로 펴고 몸 굽히기, 발바닥 마주 대고 무릎을 바닥에 누르기 등 유연성이 필요한 자세를 계속했다.

요가를 배울 때는 본인이 감당할 수 있을 만큼만 하라고 해서 문제가 없었다. 하지만 댄스 수업은 달랐다. 선생님이 돌아다니면서 수강생들이 유연해질 수 있도록 자세를 교정했다. 수강생 중 내가 제일 뻣뻣해서인지 선생님은 첫 번째로 내게 와서 다리를 더 찢도록 벌리고 등을 눌렀다. 힘들어서 바들바들 떨어도 선생님은 "심호흡하고 힘 빼세요~" 하면서 나를 찢고 눌렀다. 너무 아파서 눈물이 찔끔 났고 집에 가고 싶었다. 춤을 본격적으로 배우기도 전에 환불부터 머릿속에 떠올랐다.

공포의 스트레칭 시간이 끝나고 드디어 춤을 배우는 시간이 됐다. 어떤 춤을 배우는지 따로 공지가 없어서 첫 수업은 어떤 춤부터 배울지 궁금했다.

"이번 주는 스모크Smoke 배워 볼게요!"

스모크는 '스우파 2'에서 바다가 만든 안무로 1등한 춤이었다. 요즘 핫한 춤을 첫 시간부터 배운다고 하니 좋기도 하면서 너무 힙한 춤을 배운다는 생각에 부담스러웠다. 선생님이 동작을 쪼개서 하나씩 알려주면 뒤에서 보고 따라 했다. 거울 속 내 모습은 어딘가 이상했지만, 천천히 하니까 따라 할 만했다. 음악 없이 반복해서 동작을 배우다가 느린 음악에 맞춰서 춤을 춰보고 그다음 원래 박자 음악에 맞춰서 춤을 췄다. 춤을 출수록 손과 발이 따로 놀고, 엉망진창이었다. 전신 거울에 비친 내 모습이 부끄러워서 자꾸 시선이 허공을 향했다. 곁눈질로 다른 수강생들을 봤더니 다들 어딘가 고장이 난 춤을 추고 있어서 내적 친밀감이 들었다.

선생님이 "한 번 볼게요"라고 하면 선생님 없이 수강생만 거울 보고 음악에 맞춰서 춤을 춰야 했다. 이 시간이 너무 부담스러웠다. 선생님과 같이 춤을 출 때는 곧잘 따라 했지만, 선생님이 빠지면 머릿속이 하얘지면서 안무가 하나도 기억이 안 났다.

다행히 수강생 중에 그나마 안무를 좀 외우는 사람이 있어서 선생님 대신 그 사람을 보고 따라서 췄다. 문제는 그 사람이 틀려서 멈추면 보고 따라 할 사람이 없었다. 다들 나처럼 그 사람을 보고 따라 했는지 우리는 다음 진도를 나갈 수가 없었다. 선생님은 '이걸 왜 못하지?'하는 눈빛으로 우리를 바라봤다. 우리는 '선생님 없이는 못해요'라는 눈빛으로 선생님을 바라봤다. 안무를 익힌 당일에 바로 외워서 춤을 추는 건 너무 어려웠다.

안무를 못 외우고 버벅대는 내가 답답해서 집에서 혼자 유튜브를 보면서 연습했다. 지금까지 운동을 배우면서 집에서 스스로 연습하고 복습한 적이 있었던가? 이런 내가 신기했다. 연습해도 여전히 고장 난 로봇 같았지만, 음악에 맞춰서 춤을 출

수 있는 수준은 되었다. 집에서 따로 연습하길 잘했다.

그 이후로 내로라하는 여자 아이돌 춤을 다 배웠다. 에스파, 아이브ⁱᵛᵉ, 화사…. 춤을 따로 연습할 만큼 열심히 했고 나름대로 재미도 있었지만 결국 세 달 배우고 그만뒀다. 문제는 스트레칭이었다. 스트레칭 시간마다 스트레스를 받았다. 90°도 안 벌어지는 다리를 보며 이게 왜 안 되냐는 선생님 때문에 집에서 발레리나 출신 유튜버의 '다리 찢기 100% 성공하는 기적의 운동법' 영상을 보면서까지 다리를 아무리 찢어도 소용없었다.

게다가 춤을 배우면서 몸을 잘못 썼는지 자꾸 무릎이 욱신거렸다. 무릎 보호대를 해도 별로 도움이 안 됐다. 건강해지려고 운동하는 건데 아프면 소용 있나 싶어서 그만하기로 했다. 나중에 실력이 늘면 춤추는 모습을 영상으로 남기고 싶었는데. 아쉽지만 이번에도 재미있는 운동 찾기는 실패.

작은 변화가 가져온 뜻밖의 결과

일상에 변화를 주는 것은 지루함을 덜어내는 데 도움이 된다. 큰 변화는 부담스럽고 출·퇴근할 때 늘 다니던 길 말고 옆길로 돌아서 가는 정도의 작고 소소한 변화를 즐긴다. 별것 아닌 듯해도 생각보다 기분 전환이 된다. 그날도 일상에서 작은 변화를 시도한 날이었다. 평소라면 귀찮아서 지나칠 일이었지만 '한 번 해볼까?'하고 시작되었다. 그땐 몰랐다. 작은 변화가 불러일으킬 예상치 못한 결과를.

오랜만에 미용실에서 머리를 하고 나오는 길이었다. 머리를 하는 동안 해가 저물어서 길이 어둑어둑했다. 바람이 스치면 기분 좋은 헤어 에센스 향이 코끝에 머물렀다. 걸을 때마다 찰랑거리는 머릿결이 느껴졌다. 머리가 예쁘게 잘 돼서 기분은 좋은데 약속이 없어서 집에 바로 가기 아쉬웠던 찰나.

"안녕하세요! 저희가 대학생 서포터즈 활동으로 독서에 관련된 설문조사를 하고 있습니다. 혹시 참여하실 수 있으세요?"

평소 같았으면 무시하고 지나갔을 텐데 대학생 때 학교 과제로 모르는 사람들에게 설문조사 참여를 유도하면서 고생했던 기억이 나서 설문조사에 응했다. 그들은 읽었던 책 중에 가장 좋아하는 책은 무엇인지, 어떤 내용인지, 왜 좋아하는지 등 책과 관련된 질문을 이어서 했다. 대학생들은 흥미롭다는 듯이 내 이야기를 들어줬고 당장이라도 내가 말한 책을 읽고 싶은 사람처럼 호응해 줬다.

"설문조사 참여자 중에 좋은 답변을 주신 분을 선정해서 인터뷰를 한 번 더 진행할 예정인데, 참여하시겠어요?"

거절하기엔 그들과 내가 좋아하는 책 이야기를 주고받으면서 이미 기분이 굉장히 좋아진 상태였다. 한 번 더 작은 변화를 시도해 보기로 했다. 우린 다음 주에 한 카페에서 다시 만나기로 일정을 잡았다.

약속한 카페에 갔더니 설문조사를 진행했던 대학생들 말고도 한 명이 더 있었다. 지영씨(가명)도 나처럼 설문조사에 참여했던 사람 중 한 명이었다. 인사를 나누고 책과 관련해서 이야기하다 보니 서로 편해져서 사적인 얘기도 조금씩 하기 시작했다. 나는 요즘 번아웃을 겪고 있고 좋아하는 것이 없어서 고민이라고 얘기를 꺼냈다. 지영씨도 나와 같은 비슷한 고민을 겪었다면서 자기 이야기를 해줬는데 마치 인생 선배를 만난 기분이 들면서 동질감이 느껴졌다. 한창 이야기를 주고받다 지영씨는 가방을 뒤적거리며 물었다.

"본업은 아니지만 에니어그램Enneagram* 공부도 하고 있는데

---

* 인간의 성격 및 행동 유형을 9가지로 분류한 성격유형 검사

요, 테스트 한번 해보실래요?"

　심리치료를 공부하는 친구가 말해줬었던 테스트여서 거부
감은 없었지만 굳이 하고 싶지 않았다. 하지만 대학생들이 해
보고 싶다고 하는 바람에 얼떨결에 나까지 검사지를 작성했다.
MBTI처럼 자신의 성향에 대해 파악할 수 있는 검사였다. 지영
씨가 다음 일정이 있어서 자리를 떠나야 해서 혹시 검사 결과
해석이 필요하면 따로 연락 달라며 명함을 줬다. 명함을 받아
지갑에 넣어두고 인터뷰를 마무리했다.

　테스트까지 하고서 결과 해석을 듣지 않으니 뭔가를 하다
만 기분이 들어 영 찝찝했다. 나에 대해 알고 싶다는 생각이 점
점 커질 때였다. 테스트 해석을 통해 나에 대해 잘 알게 되면 내
가 좋아하는 것도 쉽게 찾을 수 있을 것 같았다. 지갑 속에 있던
지영씨의 명함을 찾아 연락했다.

　우리는 한 카페에서 다시 만났다. 지영씨는 검사지에 대한
해석을 통해 나 자신도 모르고 지나쳤던 나에 대해 친절하게
알려주었다. 요즘 골머리를 앓는 고민도 상담해 줬다. 내가 좋
아하는 것을 찾고 싶은데 뭘 해도 금방 싫증 나고, 무엇이든 목

표한 것도 늘 이루지 못하는 게 고민이라고 얘기했다. 이런 고민을 주변에 물어볼 사람이 없어서 혼자 끙끙댔는데 정말 인생 선배처럼 나에게 도움이 되는 답변을 해줬다.

지영씨가 나를 위해 개인 시간까지 써가며 대가 없이 테스트 결과 해석도 해주고, 고민 상담도 들어줘서 고마웠다. 지영씨는 내 덕에 이런 시간을 가지면서 공부할 수 있어서 오히려 고맙다고 했다.

세 번 정도 만남을 이어갔을까. 지영씨는 본업이 바빠져서 앞으로 같이 시간을 못 보낼 것 같다며 자기보다 더 경험이 많은 선배를 소개해 줘도 괜찮겠냐고 물었다. 지영씨와 점점 친해지고 있다고 생각해서 아쉬웠지만 그동안 나에 대해 알아가는 경험이 좋았기에 그러겠다고 했다.

소개받은 선배라는 분은 지영씨와는 다른 느낌의 사람이었다. 조용하게 말하지만 말에 힘이 있었고, 내가 다양한 이야기를 하게끔 분위기를 만들고 유도하는데 능했다. 정신 차리고 보니 홀린 듯이 친구들조차도 모르는 힘들었던 시절의 이야기를 그 사람과 하고 있었다. '내가 왜 오늘 처음 만난 사람한테 이런 얘기를 하고 있지' 싶었는데 분위기가 자연스럽게 흘

러갔다.

"앞으로는 성경책으로 자기 이해 공부를 하려고 해요"

갑자기 웬 성경책? 정말 뜬금없었다. 무교인 탓에 더 거부감
이 들었다. "꼭 성경책으로 공부해야 하나요?"라고 물으니, 교
회에 다니지 않더라도 다양한 분야의 집단에서 성경책을 공부
교재로 사용한다는 거다. 굉장히 수상한 냄새가 폴폴 풍겼지만
일단 다음 만남을 기약하고 자리에서 벗어났다.

아무리 생각해도 이상해서 집에 가는 길에 설마설마하며 검
색을 해봤다. 검색하자마자 첫 화면 맨 위에 뜬 대표적인 사이
비 포교 수법을 클릭해서 읽어봤다. 길거리 설문조사, 테스트
진행, 테스트 해석, 성경 공부…. 내가 겪은 내용이 그대로 적혀
있었다. 나는 전형적이고 대표적인 사이비 포교를 실시간으로
당하고 있었던 것이었다. 변형된 수법도 아니고 사이비 포교의
기본 수법에 당했다는 사실에 굉장히 자존심이 상했다.

대학생 시절을 떠올리며 행동한 선의와 고민을 덜어내고 싶
은 마음을 구석구석 치밀하게 이용했다는 사실에 너무 화가 났
지만, 다시 만나서 나한테 왜 그랬냐고 따질 순 없었다. 문자

로 당신들이 사이비인 걸 알았으니 다시는 연락하지 말라며 연락처를 차단했다.

글을 읽으면서 '이거 사이비 수법인데' 하고 바로 눈치챈 사람들도 꽤 있을 것이다. 도대체 왜 이렇게 뻔한 수법에 넘어갔을까? 당시에는 정말 의심할 겨를 없이 뭐에 홀린 것처럼 모든 상황이 자연스러웠다. 지금 생각하면 모든 것이 지나치게 자연스러운 점이 굉장히 이상하다. 그저 나를 알고 싶었고 내가 좋아하는 것을 찾고 싶었을 뿐이었는데 결과가 이렇게 되다니.

이 일의 여파로 길에서 모르는 사람이 말을 걸러 다가오는 느낌이 들면 극혐의 눈빛을 장착하기 시작했다. 좋아할 거리를 차곡차곡 쌓아두려 했던 마음의 방에 혐오만 남아서 씁쓸했다.

이모티콘 작가 도전기

평소에 이모티콘을 자주 쓴다. 말로는 표현하기 힘든 상황을 이모티콘 하나로 적절하게 표현할 수 있어서 좋다. 특히 사회생활 할 때 적당히 친근감이 느껴지면서 예의를 어느 정도 갖추지만, 할 말이 없을 때 이모티콘으로 대체하기 좋다. 기분이 좋을 때 춤추는 이모티콘을 사용하면 마치 내가 춤을 추고 있는 기분이 든다. 귀여운 이모티콘을 쓸 때는 마치 길 가다 귀여운 강아지를 만난 듯이 눈으로 한껏 쓰다듬어준다.

이모티콘을 쓰다 보면 '이 정도는 나도 만들 수 있겠는데?' 싶은 이모티콘이 하나씩 있었다. 동시에 요즘 인기 있는 이모티콘들이 머릿속에 떠올랐다. 캐릭터 팝업, 인스타툰, 브랜드 협업 등 다방면으로 사랑받는 이모티콘 캐릭터들. '어쩌면 나도 인기 있는 이모티콘 작가가 될 수 있지 않을까?'라는 대담한 생각과 함께 이모티콘 작가로 도전하기로 했다. 근거 없는 자신감에 비해 실행력이 낮은 탓에 미루고 미루다 몇 달이 지난 후에야 이모티콘을 그리기 시작했다.

첫 번째 도전, 빠기

그림을 그리는 데 자신이 없었기 때문에 최대한 단순하게 캐릭터를 그릴 방법을 고민했다. 얇고 삐뚤빼뚤한 선으로 낙서하듯이 동그라미 몸에 눈과 입을 오밀조밀하게 그려주고, 몸에 비해 한없이 작은 날개와 발을 그려서 아기 병아리 빠기를 만들었다. 움직이는 이모티콘이 인기가 많아서 대세를 따라야 했지만 능력상 최소한의 움직임으로 이모티콘 24개를 만들어 제출했다.

주말 포함해서 12일 후에 결과가 나왔다. 빨간색으로 적힌 '미승인'이 한눈에 들어왔다. 왜 미승인인지 알려주지 않았기에 스스로 사유를 파악해야 했다. 우선 이모티콘에 특색이 없었다. 병아리 캐릭터는 이미 흔했고 뚜렷한 콘셉트가 있어야 경쟁력이 있을 것 같았다. 낙서 느낌에 어설픈 이모티콘을 의도 했지만 그걸 감안해도 캐릭터의 움직임이 너무 어색해서 완성도가 낮았다.

두 번째 도전, 도낫뚜

기존에 판매하는 이모티콘 중에 없는 캐릭터를 찾아봤다. 둘러보니 도넛 형태의 이모티콘이 하나도 없어서 '이거다!' 싶었다. 콘셉트는 건강 트렌드로 인해 다른 빵에 인기가 밀렸지만, 다음 전성기를 기다리는 당당한 성격을 가진 도넛으로 정했다. 도넛 가운데 동그랗게 뚫려있는 부분을 입으로 삼아 표정을 짓는 것처럼 만들었다. 이번엔 멈춰있는 이모티콘으로 제안했다. 멈춰있는 이모티콘은 32개를 그려서 제출해야 한다. 움직이는 이모티콘보다 8개나 더 그려야 한다니.

이번 결과도 미승인이었다. 저번보다 이모티콘 퀄리티도 올렸고, 나름 캐릭터 스토리도 만들었지만, 자존감 높고 도넛에 대한 자부심이 강한 성격이 이모티콘에 적절히 반영되지 않은 것 같았다. 완성한 도낫뚜 이모티콘을 다시 쭉 둘러봤을 때 귀여운 느낌이 부족했다.

세-네 번째 도전, 깜찌

평소에 까만 푸들을 키우는 꿈이 있었다. 곱슬곱슬한 까만 털에 약간의 반짝임으로 구분할 수 있는 눈과 코가 너무 귀여웠다. 형태는 까만 푸들로 하고 비염 때문에 항상 콧물을 흘리는 강아지라는 특징을 가진 이모티콘 깜찌를 만들었다. 내가 비염을 10년 넘게 앓았기 때문에 비염 이야기라면 자신 있었다. 시도 때도 없이 코를 풀고, 코 푼 휴지를 쌓아놓으며, 매일 코를 푸느라 코가 아픈 비염 환자의 모습을 깜찌에 반영했다. 깜찌의 옆에서 묵묵히 콧물을 닦아주는 친구 휴지도 추가했다.

결과는 또 미승인. 깜찌는 수정해서 한 번 더 제출했지만 그것도 미승인이었다. 내가 생각한 미승인 이유는 까만 캐릭터 32개를 모아두니 컬러가 너무 어둡고 칙칙해 보였다. 기존에 판매 중인 이모티콘 컬러가 대부분 밝은 이유가 있었다. 비염 걸린 강아지라는 특징을 더 재미있게 살리지 못한 점과 친구 휴지 캐릭터의 활용도가 아쉬웠다.

다섯-여섯 번째 도전, 김푸푸

깜찌와 동일한 콘셉트로 하되 표현 방법을 바꿔봤다. 거의 검은색에 가까웠던 캐릭터 컬러를 밝은 회색으로 바꾸고 곱슬

곱슬한 털의 느낌을 살렸다. 전반적으로 이전보다 더 아기 강아지처럼 보이도록 귀엽게 만들고 완성도를 높이는 데 초점을 두었다.

이번엔 처음으로 결과를 기대했다. 확실히 처음보다 이모티콘의 완성도가 높아졌고 스스로 만족스러웠기 때문이다. 하지만 결과는 미승인이었다. 아쉬워서 보완하고 한 번 더 제출했지만 같은 결과였다. 멈춰있는 이모티콘으로는 역시 경쟁력이 부족한 것 같았다. 만약 움직이는 이모티콘이었다면 승인받을 수 있지 않았을까 하는 생각이 들었다.

여섯 번의 이모티콘 작가 도전 끝에 이모티콘을 쓰는 걸 좋아한다고 해서 만드는 것까지 좋아할 수는 없다는 걸 알았다. 일단 그림을 잘 그리는 편이 아니어서 이모티콘 제출까지 너무 오래 걸렸다. 이모티콘 하나를 수정하면 나머지 31개 캐릭터를 다 수정해야 한다는 것도 쉽지 않은 일이었다. 멈춰있는 이모티콘을 그리는 것도 이렇게 힘든데 움직이는 이모티콘은 상상도 하기 싫었다. 움직이는 이모티콘을 만드는 모든 작가들이 대단하게 느껴졌다.

또한 이유도 모른 채 연속으로 미승인을 겪는 건 굉장히 지치는 일이었다. 유명한 이모티콘 작가들도 미승인을 당연하게 여기고 될 때까지 도전하는 방법밖에 없다는 식으로 말하는 걸 보고 '나도 될 때까지 해봐야지'가 아니라 이모티콘 전업 작가니까 버틸 수 있는 거라는 생각이 더 컸다.

힘들었던 과정을 다 잊고 나중에 다시 이모티콘 작가를 도전할 수도 있겠지만 당분간은 이모티콘을 쓰는 것만 즐길 생각이다. 수 많은 미승인 끝에 출시한 이모티콘 작가들의 노고를 떠올리면서.

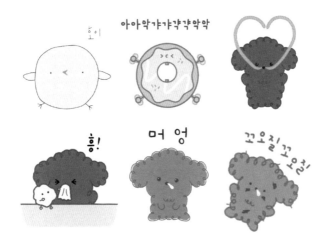

이모티콘 미승인 모음집

방구석 가수로 데뷔했다

코인 노래방이 한창 유행할 때 혼자서 자주 갔다. 다른 사람과 노래방에 같이 갈 때는 마지막 곡은 다 같이 신나게 부를 수 있는 노래를 불러야 한다거나, 너무 분위기가 축 처지는 노래는 피해야 하고, 대중적인 노래를 불러야 하는 암묵적인 규칙을 지켜야 했다. 반면 코인 노래방에 혼자 가면 청승맞아 보일 정도로 우울한 노래나 남이 들으면 하품 나오는 지루한 노래를 실컷 불러도 돼서 좋았다.

퇴근길에 들러서 평소에 쓸 일 없이 지갑에 고이 모셔둔 천원짜리 지폐를 꺼내 세 곡정도 부르고 집에 가는 게 낙이었는데 코로나 이후로 코인 노래방을 못 갔다. 잊고 있던 소소한 즐거움을 다시 느끼고 싶었다.

블루투스 노래방 마이크를 온라인에서 검색했다. 생각보다 마이크 제품이 다양했다. 우리나라에 노래 부르는 걸 좋아하는 사람이 이렇게 많았나 싶을 정도로. 리뷰 많고 평점도 좋은 마이크를 발견했다. 게다가 미니 미러볼을 마이크 밑에 탈부착 가능하다는 제품 소개를 보고 홀랑 넘어갔다.

주문한 마이크가 도착하자마자 신나게 택배 상자를 뜯고 부를 노래를 검색했다. 유튜브에서 부르고 싶은 노래 제목 뒤에 노래방이라고 치면 웬만한 노래는 다 노래방 반주곡이 있었다. 마이크를 사용해 보니 생각보다 에코 기능이 꽤 괜찮았고 제법 노래방에 온 기분이 들었지만 뭔가 아쉬웠다.

노래방 반주 영상을 자주 검색해서 그런지 기존 노래를 커버해서 부르는 유튜버들이 추천 영상으로 많이 떴다. 영상을 보면 방 안에서 노래하는 모습을 촬영한 사람들이 많았다. 혼자 코인 노래방에서 노래하다 보면 내가 생각해도 가수처럼 잘 부른 날이 종종 있었는데 이 순간을 나만 알기 아쉬울 때가 있었다. 노래 커버 유튜버를 보면서 내가 노래하는 모습을 유튜브에 기록해 보고 싶다는 생각이 들었다.

갑자기 의욕이 불타올라서 녹음용 마이크를 냅다 구매했다. 설명서대로 책상 위에 마이크를 설치했더니 벌써 노래 커버 유튜버가 된 기분이었다. 가장 중요한 건 노래 선정. 내가 소화할 수 있는 음역대의 노래이면서 이웃에게 피해를 주지 않을 정도로 방 안에서 조용히 부를 수 있는 노래를 찾아봤다. 고민 끝에 볼빨간사춘기의 'Blue'라는 곡으로 결정했다. 마이크를 켜고 본격적으로 녹음에 들어갔다. 노래방 반주에 맞춰 노래를 부르는 것과 녹음을 하는 것은 엄청난 차이가 있었다.

녹음해서 들은 내 노래 목소리는 정말 최악이었다. 내 목소리가 원래 이랬나 싶을 정도로 이상했고 음치 같았다. 이런 실력으로 노래방에서 가수 같았다고 뿌듯해하던 나를 걷어차고 싶었다. 녹음한 목소리를 들으면 가사나 음을 틀린 부분이 티가 확 났다. 노래방에서는 노래를 틀려도 에코와 빵빵한 노래방 반주에 적당히 버무려졌는데 집에서 녹음을 하니까 틀린 부분이 적나라하게 드러났다. JYP 프로듀서 박진영이 녹음할 때 '다시'를 많이 요구해서 소속 가수들이 힘들었다는 일화가 생각났다. 그가 왜 그랬는지 방에서 같은 부분을 마음에 들 때까

45

지 여러 번 녹음하면서 조금은 이해가 됐다.

녹음을 마치고 이제 가사 없는 배경음악에 내 목소리를 합치는 믹싱이 필요했다. 유튜브에 무료 프로그램으로 믹싱하는 방법을 알려주는 영상이 있었다. 역시 유튜브에는 없는 것이 없었다. 프로그램 설치와 세팅하는 방법부터 세세하게 알려주는 정말 친절한 유튜브였다. 감사의 마음을 전할 방법이 없어 구독과 좋아요로 최선을 다해 표현했다.

녹음 파일 자르기, 이어 붙이기, 배경음악과 합치기 정도의 단순한 기술만 필요했지만, 유튜브에서는 목소리를 보정하고 에코를 넣는 등 다양한 믹싱 방법을 알려줬다. 따라 할수록 욕심이 생겨서 영상에서 알려준 기능을 다 하나씩 적용해 노래 파일을 완성했다.

다수의 노래 커버 유튜버들은 방 안에서 마이크와 함께 상체와 얼굴이 보이도록 영상을 촬영했다. 얼굴 노출은 하고 싶지 않았기 때문에 입부터 상체까지 나오도록 영상을 찍어봤다. 영상을 보니 생기 없는 입술 색, 삐뚤빼뚤한 앞니, 후줄근한 옷, 지나치게 현실적인 방 인테리어까지 모든 게 신경 쓰였다. 그저 취미로 노래하는 영상을 기록하고 싶었을 뿐인데 영상에 담을

외적인 부분을 하나하나 신경 쓰는 내가 어이없었다. 새삼 얼굴을 드러내고 활동하는 유튜버들이 대단하게 느껴졌다.

노래하는 모습을 영상으로 촬영하는 건 포기하고 흰색 배경에 가사를 직접 손으로 썼다. 가사를 타자로 치는 것보다 손 글씨로 나만의 색깔을 담고 싶었기 때문이다. 한 컷당 가사 한 줄씩 적었더니 이미지가 무려 41장이나 나왔다. 무료 영상 프로그램을 설치해서 노래에 맞춰 가사 이미지가 나오도록 영상을 만들었다. 유튜브 계정을 뚝딱 만들어서 영상을 바로 올렸다. 드디어 방구석 가수로 데뷔했다!

첫 영상을 올리고 그 이후로 두 곡 더 영상으로 만들어서 올렸다. 총 세 개의 영상을 올리고 방구석 가수 활동을 은퇴했다. 일단 노래를 녹음하고 믹싱하고 영상 만드는 데 시간이 너무 오래 걸렸다. 처음에는 그냥 가볍게 툭 부르고 영상을 바로 올리고 싶었다. 하지만 성격상 대충 하는 건 못해서 완성도를 올리려 노력했더니 노래 커버 영상을 만드는 과정에서 지쳐버렸다.

공을 들인 시간에 비해 완성도가 낮은 결과물을 보고 있자니 더이상 하기 싫어졌다. 영상을 올리고 나면 뿌듯할 줄 알았는데 생각보다 기분이 별로였다. 자꾸 부족한 부분만 눈에 밟

혔다.

　누군가에게 잘 보이려고 시작한 게 아니라 개인 기록용인데도 마음에 들지 않아서 하려는 의지를 잃었다. 어차피 취미로 하는 건데 신경 안 쓰고 계속하면 녹음도 영상도 점점 나아졌겠지만 인내심이 바닥났다. 처음 하는 일이라 완성도가 떨어지는 것은 당연한데 왜 못하는 나를 견디기 어려운 걸까?

　노래 커버가 재미있어서 꾸준히 했으면 좋았을 텐데. 뭐, 예상한 일이었다. 나는 늘 흥미를 금방 잃는 사람이니까. 예상했어도 씁쓸한 건 어쩔 수 없는 일이었다. 좋아하는 걸 꾸준히 하는 사람들이 참 대단하다. 짧은 방구석 가수 활동이 끝나서 아쉬웠지만, 미래를 예상하고 녹음용 마이크를 비싼 걸로 사지 않은 과거의 나에게 잘했다고 칭찬해 주고 싶다.

자기는 여자를 만지는 일을 해야 해

"나 신점 보는데 알아냈어. 예전보다 신기가 좀 떨어졌다는 데도 예약하고 6개월이나 기다려야 해."

"진짜요? 뭐 얼마나 잘 보길래 6개월씩이나 기다려요?"

"몰라, 난 예약했어. 너도 할래?"

회사 선배가 신점 보는 점집을 알아냈다며 예약할 건지 물어봤다. 친구랑 걸어가다 길에 있는 사주 카페나 작은 천막 안에서 재미로 사주를 본 적은 있었다. 드라마나 영화에서 무당이 쌀과 팥을 뿌리고 요란하게 방울을 흔드는 것만 봤지 신점을 직접 보러 갈 생각은 해본 적도 없었다. 사주·타로 카페보다 무당이 가진 이미지가 좀 무섭기도 하고, 아무래도 진입 장벽이 있었다.

"전 예약 할래요!" 내가 망설이는 사이에 막내는 점집을 예약하겠다고 했다. 막내가 예약하겠다는 소리에 솔깃했다. 마침 예약하고 6개월 후면 새해여서 신년 운세를 보기 좋을 것 같았다. 야근에 박봉에 비전 없는 디자이너가 세상에서 가장 불행하다며 자기 연민으로 가득 차 있던 시기였다. '디자인이 적성에 맞나? 디자인을 앞으로 계속하는 게 맞는 걸까?'하는 생각도 한창 할 때여서 결국 고민 끝에 예약했다.

6개월 후 예약 당일. 신점을 보러 혼자 가기는 무서워서 엄마랑 같이 갔다. 결혼을 안 한 여자는 신점을 보러 혼자 가면 귀신이 붙어서 나오네 어쩌네 하는 얘기를 들어서 나와 가장 가까운 유부녀인 엄마를 데려갔다. 신점을 볼 장소는 어느 한 골목길에 있는 평범한 빌라였다.

초인종을 누르고 들어가니 일반 가정집이랑 똑같았고 안에 있던 남자가 예약을 확인했다. 앞에 손님이 아직 끝나지 않아서 거실에서 대기해 달라고 했다. 문이 닫혀 있는 방이 있었는데 그 안에 무당이 있는 듯했다. 거실은 고요했고 낯선 환경에 긴장이 됐다. 10분 정도 기다렸을까. 방 안에서 무당이 "들어오세요"라고 했다.

방 안은 드라마에서 봤던 것처럼 벽면이 화려하게 장식되어 있었다. 무당은 엄마와 나이가 비슷하거나 조금 어려 보였고 화장이 진하진 않았지만 눈빛이 매서웠다. 무당이 입은 옷은 수수하진 않지만 그렇다고 화려하지도 않았다. 생각보다 신점 보는 곳의 분위기가 무섭진 않았다. 무당은 내 이름과 생년월일을 종이에 적고 나서 나무로 된 상 위에 팥알을 착 뿌렸다. 그리고 팥알을 만지작거렸다. 팥알 사이로 보이는 나의 미래는 어떤 모습일지 궁금했다.

질문도 안 했는데 무당은 올해 조심해야 할 것들을 쭉 말해 줬다. 위장과, 대장암 검사를 해보라고 했고, 갑상샘을 조심하라고 했다. 추운 데서 밀가루를 먹지 말라고 했다. 좀도둑이 들어올 수 있으니 창문 잘 닫고, 7월에 오토바이 소매치기를 당할 수 있으니 택시를 이용하라고 했다. 숫자 7을 조심하고 성형 수술이나 시술은 복 나가니 하지 말 것. 해외여행은 2월부터 8월까지는 가지 말고, 9월에는 찜질방을 조심하라고 했다. 들을수록 누구에게나 일어날 수 있고 조심해야 할 당연한 소리를 해서 갸우뚱했지만 일단 열심히 받아 적었다. 조심해서 나쁠 것 없고 진짜 일어날지도 모를 일이니까.

무당이 30분 정도 쉬지 않고 얘기해 줬을까. 해줄 얘기가 다 끝났는지 궁금한 거 있으면 물어보라고 했다. 내가 신점을 예약하고 6개월이나 기다리면서까지 이곳에 온 이유, 가장 궁금한 것을 물어봤다.

"저는 어떤 일을 해야 잘 맞고 즐기면서 할 수 있을까요?"

무당은 질문을 듣더니 바로 내 눈을 바라보며 단호하게 얘기했다.

"여자를 만지는 일을 해봐."
"네…? 여자를 만져요? 제가요?"

대뜸 여자를 만지는 일을 하라고 하니 당황스러웠다. 엄마한테 가끔 안마를 해주면 손이 매워서 시원하다고 하기는 했었다. '별로 대수롭지 않게 생각했던 매운 손이 숨겨진 재능이었나? 내 손에 특별한 기운이 느껴지나? 근데 여자를 만지라는 게 뭔 소리지? 불법적인 일인 거 아니야?' 짧은 시간 동안 머릿속에 수많은 질문이 빠르게 지나갔다.

"자기는 여자를 만지는 일을 해야 돈을 많이 벌어. 왜 그런 거 있잖아. 여자들 손톱에 색칠해 주고, 머리 잘라주고, 피부 마사지 있지? 그런 게 잘 맞아. 아니면 동대문에서 옷 도매해서 파는 일도 괜찮아."

당시 내 직업에 대해 회의감을 많이 느끼고 힘들어했던 때라 내심 무당이 뭐라고 말해줄지 궁금했다. 의사, 변호사 같은 전문직은 공부와 끈기 유전자가 없어서 다시 태어나지 않는 이상 불가능하니까 용한 무당이라면 그런 무책임한 말은 안 하겠지 싶었다. 현실적으로 도전해 볼 만하거나 관심이 있었던 직업을 말해주길 원했다. 신점을 계기로 새로운 출발을 꿈꿨다.

하지만 무당이 말한 직업은 평소에도 별로 관심 대상이 아니었다. 아무것도 칠하지 않은 맨손톱을 더 좋아하고, 미용실에 자주 안 가도 되는 머리를 선호한다. 마사지는 발 마사지를 받으러 갔다가 하나도 시원하지 않고 너무 아파서 그 이후로는 마사지 가게 근처도 안 갔다. 옷은 내 옷 살 때나 즐겁지, 남이 입을 옷을 팔고 싶진 않았다. 무당은 나의 이런 생각과 경험까지는 파악하지 못한 듯했다. 흥미가 뚝 떨어진 탓에 더 이상 무당이 하는 말이 귀에 들어오지 않았다. 의미 없이 고개만 끄덕이다 점집에서 나왔다. 6개월 기다려서 받은 점괘가 이 모양이라니… 신점 볼 돈으로 엄마랑 맛있는 거나 사 먹을걸.

그날 이후로 유튜브에서 알고리즘 파도를 타다가 방송인 곽정은과 이지훈 변호사가 사주와 관련해서 얘기한 영상을 봤다. 이지훈 변호사도 한 때 사주를 많이 봤다고 했다. 이제는 맹신하진 않는다며 다음과 같은 이야기를 했다.

"내가 사주를 보는 게 결국은 내 미래의 모습이 궁금해서 보는 거잖아. 지금의 나는 과거에 내가 한 선택의 결과니까, 미래의 내 모습이 궁금하다면 지금 내가 어떤 선택을 하고 있는지를 보면 알 수 있는 것이지."

이 말을 듣고 정말 공감했다. 굳이 돈 주고 신점을 볼 필요가 없었다. 지금 내가 뭘 하고 있는지 보면 될 일이었다. 내가 지금

열심히 하면 미래에 원하는 모습과 가까울 테고, 지금 아무것도 안 하면 현재와 별다르지 않은 내가 미래에 있을 것이다. 이보다 더 확실한 미래가 어디 있을까? 더 이상 신점과 사주를 보러 가지 않겠다고 다짐했다.

무당이 말한 대로 '여자를 만지는 일'을 해서 훗날 부자가 될 수도 있다. 생각보다 일이 적성에 맞았을지도 모른다. 시도조차 하지 않은 이유는 그 일에 흥미가 없었기 때문이다. 덕분에 내가 돈보다 하고 싶은 일이 우선인 사람이라는 사실을 알았다. 결국 내 인생은 내가 선택하고 그려나가야 한다. 용한 무당도 그 누구도 나의 미래를 대신 정해줄 수 없다.

2

좋아하는 마음을 포기했던 순간

좋아하는 건 제 발로 걸어오지 않는다

내가 좋아하는 것을 찾기 위해 무엇이든 해보자며 한동안 닥치는 대로 이것저것 새로운 경험을 시도했다. K-POP 댄스도 배웠고, 이모티콘도 만들었고, 방구석 가수로 데뷔했고, 고민 상담도 했고, 무당까지 만났지만 좋아하는 것을 찾을 수 없었다. 언제까지 새로운 시도를 계속해야 하는 걸까? 좋아하는 것을 찾을 때까지 계속해 봐야 하는 건가? 죽을 때까지 못 찾으면 어떡하지?

밖에 볼 일이 있어 나왔다가 시간이 비어서 근처 서점에 들어갔다. 일반적인 서점과 다르게 책과 문구류 진열이 구분되지 않아서 책보다 문구 제품이 눈에 먼저 들어왔다. 알록달록한 색감의 다이어리, 미간을 찡그리게 할 정도로 귀여운 캐릭터 소품, 사두면 언젠가는 쓰겠지 싶은 온갖 사무용품까지. 목적 없이 서점에 들어와서 사지도 않을 문구를 들었다 났다 하며 같은 자리를 계속 빙글빙글 돌았다.

몇 바퀴 돌았더니 더 이상 볼거리가 없어진 탓에 자연스럽게 눈이 책 진열대로 향했다. 영혼 없이 책장에 꽂혀있는 책을 둘러보다가 한 책이 눈에 들어왔다. 다른 책보다 크기도 작고 표지가 화려하지도 않아서 눈에 띄는 책은 아니었다. 책을 펼쳐 앞부분부터 읽다가 어떤 문장에 눈이 확 꽂혔다.

꽤 많은 사람들이 자신이 뭘 좋아하는지 모르겠다고 하거나 '왜 나는 딱히 좋아하는 것도 없지?'라고 하며 자책하기도 합니다. 그때 저는 이렇게 물어봐요. "무엇을 좋아하려고 얼마나 노력해 봤느냐고"요. 무언가를 좋아하는 건 제 발로 걸어오는 게 아니고 그만큼 애정을 가지고 더 많이 더 세심하게 보려고 애써야 생기는 겁니다. REFERENCE BY B 편집부, <JOBS 1 : EDITOR>, REFERENCE BY B

이 문장을 보기 전까지는 무언가를 좋아하는 건 제 발로 걸어온다고 생각했다. 처음 문장을 읽었을 땐 나도 모르게 혼나는 기분이 들기도 했지만, 다시 읽었을 때 그런 감정을 느낄 새도 없이 희한하게 위로가 되었다. 노력하면 무언가를 좋아할 수 있다는 사실에 안도했다.

'내가 좋아하는 것이 없다는 건 이상한 게 아니구나. 애초에 좋아하는 것은 노력해야 얻을 수 있는 거였어. 좋아하는 것을 찾는 건 역시 어려운 거야. 다행이다.'라는 생각과 함께 우연히 책에서 이 문장을 발견한 순간이 마치 선물을 받은 기분이었다.

초등학생 때는 항상 친구들이 내게 먼저 다가왔다. 가만히 있어도 시간이 지나면 옆에 친구들이 있었다. 하지만 중학생이 되었을 땐 더 이상 이 방법이 먹히질 않았다. 내가 가만히 있으니 친구들도 다가오지 않았다. 친구들이 먼저 내게 말을 걸지 않는다며 따돌림을 당한다고 생각했었다. 한참 동안 마음고생하다가 용기를 내어 친구들에게 다가갔더니 기다렸다는 듯이 나와 함께 해주었고 친하게 잘 지냈다.

무언가를 좋아하는 것도 마찬가지라는 생각이 들었다. 내가 먼저 무언가를 좋아하기 위해 다가가야 한다. 물론 굳이 애쓰지 않아도 좋아하는 것이 제 발로 걸어오는 사람도 있다. 우연한 경험이 본인의 인생에 영향을 미칠 정도로 좋아서 당연하게 좋아하는 것을 하면서 사는 사람처럼.

나는 안타깝게도 그런 행운은 없는 사람이라 내가 노력하는 수밖에 없다고 판단했다. 그나마 다행인 것은 좋아하는 것도 노력해야 한다는 걸 알았다는 사실 그 자체다. 덕분에 좋아하는 게 없는 나를 자책할 필요가 없어졌으니까.

좋아하는 것을 찾을 때까지 새로운 경험을 시도하는 방법 말고 다른 방법을 모색할 때가 된 것 같다. 새로운 도전은 분명 좋은 경험이었지만 반복할수록 한계가 느껴졌다. 세상에는 내가 해보지 않은 일이 대부분이고 이걸 다 해볼 순 없는 노릇이다. 이제는 새로운 경험보다 나를 들여다보는 데 시간을 보내야겠다고 생각했다.

지금까지는 '이거 좋아? 저건 어때?'라는 식의 맥락 없는 질문을 쏟아부었다면 앞으로는 '내 감정은 어땠어? 어떤 점이 좋았어? 왜 싫었을까?'라고 나에게 세심하게 질문하고 돌아봐야겠다.

떡볶이를 좋아할 자격

"여러분이 좋아하는 것을 하면서 사세요! 좋아하는 게 없다고요? 주변부터 한번 둘러보세요" 좋아하는 일을 하면서 사는 사람들이 늘 하는 말이었다. 자기들은 좋아하는 걸 이미 다 찾아놓고 별거 아닌 듯이 말해서 괜히 얄미울 때도 많았지만 이제는 그들이 한 말대로 주변부터 둘러보기로 했다. 너무 어렵게 생각하지 말고 자주 먹는 음식부터 떠올렸다.

'내가 자주 먹는 음식이 뭐더라…. 떡볶이?'

기억을 거슬러 올라가면 초등학교 때부터 성인이 된 지금까지 주기적으로 떡볶이가 먹고 싶었다. 초등학생 때는 학교 끝나고 집 가는 길에 컵떡볶이를 사 먹었고, 중·고등학교 때는 친구들이랑 즉석떡볶이를 먹으러 옆 동네까지 가서 떡볶이 국물에 밥도 볶아 먹었다. 성인이 되고선 퇴근하고 분식이 생각나면 떡튀순 세트를 포장해서 집으로 갔다. 이 정도면 떡볶이는 제법 내가 좋아하는 음식이라고 할 만했다. 생각보다 내가 좋아하는 것을 쉽게 찾은 것 같았다. 그런데 여기서부터 막혔다.

'내가 떡볶이를 좋아하는 건 알겠어. 그렇다고 떡볶이 가게를 차릴 만큼 좋아하진 않는데? 떡볶이를 매일 먹고 싶을 정도로 좋아하지도 않는데….'

항상 이 지점에서 '떡볶이를 별로 안 좋아하나 보다' 하고 스스로 좋아하는 마음을 부정했다. 떡볶이를 좋아하는 사람이라고 말하려면 떡볶이 가게를 차리고 싶을 정도로 좋아해야 한다고 스스로 판단했다. 어제 떡볶이를 먹었지만, 오늘도 생각이 날 정도로 거의 떡볶이 중독자 수준은 되어야 떡볶이를 좋아하는 사람이라고 생각했다. 누가 시킨 것도 아닌데 어쩌다가 좋아하는 기준을 엄격하게 세워 놓은 건지. 떡볶이를 좋아하는 기준을 과감하게 내려놓기로 했다.

평소에 어떤 떡볶이를 좋아하는지 한 번도 제대로 생각해 본 적이 없었다. 가게가 접근성이 편리하고 깔끔하다 싶으면 떡볶이를 사 먹었다. 아니면 사람들이 많이 가고 인기 있는 떡볶이집이니까 그런가 보다 하고 갔다. 이런 나도 떡볶이 취향은 분명히 존재했다.

쌀떡 vs 밀떡

나는 쌀떡파였다. 떡볶이집이면 아무 데나 다 가는 줄 알았는데 밀떡으로 만드는 떡볶이집은 다시 가지 않았다. 평소에 떡을 좋아하는데 그 이유는 쫄깃한 식감 때문이었다. 밀떡은 씹었을 때 팽팽한 느낌없이 수욱 씹히는 식감이 아쉬웠다.

꾸덕한 소스 vs 국물 소스

꾸덕한 소스의 떡볶이를 선호했다. 국물 떡볶이는 생긴 것부터 맹숭맹숭해 보여서 싫었다. 새빨갛고 점도 높은 떡볶이 소스가 시각적으로 맛있어 보여서 입으로 들어가기 전부터 이미 눈으로 먹는 기분이 들었다.

매콤한 맛 vs 달콤한 맛

맵찔이지만 어느 정도 매콤한 떡볶이가 더 맛있었다. 너무 매운 건 혀가 아파서 먹을 수 없었다. 달콤한 떡볶이는 떡볶이 같지 않고 제3의 음식 같았다. 적당히 맵고 살짝 달콤한 떡볶이가 내 취향이었다.

기본 vs 퓨전

떡볶이는 뭐니 뭐니 해도 기본이 최고다. 요즘은 떡볶이 종류가 다양하다. 짜장 떡볶이, 로제 떡볶이, 크림 떡볶이, 간장 떡볶이…. 하지만 메뉴판에서 먹음직스럽게 찍힌 퓨전 떡볶이 사진을 봐도 손이 가지 않는다. 짜장 떡볶이를 먹을 바엔 짜장면을 먹지 왜 굳이 짜장 떡볶이를 먹는지 모르겠다. 내 심장을 움직이는 건 기본 떡볶이뿐이다.

생각보다 떡볶이 취향이 제법 뚜렷했다. 취향 중 어떤 부분은 지나치게 까탈스러웠다. 그동안 알아차리지 못한 나의 작고 소중한 취향에 미안했다. 떡볶이 취향을 정확히 알고 나서 떡볶이를 더 즐길 수 있었다.

전에는 집이나 회사 근처 떡볶이집만 갔었는데 이제는 다른 동네에 떡볶이 맛집이 있다고 하면 일부러 찾아가기 시작했다. 막상 가서 먹었을 때 내가 생각한 맛이 아닐 때도 있었지만, 새로운 떡볶이를 먹으러 가는 길이 즐거웠다. 멀리 여행을 갈 때도 동네 떡볶이 맛집이 있는지 찾아봤다. 낯선 곳에서 먹으니 더 맛있게 느껴졌다. 떡볶이에서 시작한 작은 도전이 일상을 다채롭게 만들어 주었다. 점점 떡볶이 먹는 재미를 알아갔다.

한편으로는 어렸을 때 추억 때문에 떡볶이를 좋아하는 것 같기도 했다. 아직 매운걸 잘 못 먹는 초등학생의 입맛에 맞춘 새콤달콤 케첩 떡볶이집. 주인아주머니도 겨우 앉을 정도로 작은 공간에 포장만 가능한 곳이었다. 조리 공간이 곧 가게여서 떡볶이를 조리하는 철판 외에 모든 곳에 새까만 기름때가 한눈에 다 보일 정도로 더러운 곳이었다. 엄마가 이 분식집을 봤다면 등짝을 후려치고 두 번 다시는 못 가게 막았을 것이다. 만약 엄마가 그랬더라도 그 떡볶이집에 몰래 갔겠지만.

얼룩덜룩한 무늬의 초록색 떡볶이 접시에 비닐을 씌워서 떡볶이를 내주었던 분식집. 친구들과 가면 꼭 다른 친구들도 만날 정도로 하굣길에 자주 들르는 곳이었다. 급식이 맛없던 날에는 유난히 그 분식집이 붐볐다. 가격도 저렴해서 친구들이랑 떡볶이, 순대, 튀김을 양껏 먹어도 부담이 없었다. 지금 생각하면 별로 특별할 게 없는 떡볶이가 그 당시엔 왜 그렇게 맛있었는지 모르겠다.

작게 썰어서 통에 수북이 쌓아둔 단무지를 주인아주머니한테 혼날 만큼 스스로 가득 퍼와서 먹는 게 필수인, 사실상 단무지 맛집이었던 즉석 떡볶이집. 가게가 복층이어서 위층은 일어서지도 못할 정도로 낮았다. 1층에 자리가 많아도 굳이 2층까지 올라가 기어가서 자리에 앉는 게 우리만의 암묵적인 규칙이었다. 가게 벽에는 온갖 낙서로 가득 차 있었는데 천장까지 빈칸 하나 없이 빼곡했다. 떡볶이 국물에 볶음밥까지 싹싹 긁어먹고 가게에서 나오면 교복 치마 단추를 풀어야 할 정도로 배가 찢어지게 불렀던 기억이 아직도 생생하다.

추억 속 떡볶이는 요즘 파는 떡볶이만큼 객관적으로 맛있지도, 맛있게 생기지도, 위생적이지도 않았지만 '맛있다'라는 말로 표현하기 어려운 묘한 추억의 맛이 있었다. 소소하지만 소중한 추억들 덕분에 지금까지 발길이 자연스럽게 떡볶이집으로 향했을지도 모른다.

내가 무엇을 좋아하는지, 왜 좋아하는지, 어떤 취향이 있는지 스스로에게 묻는 과정에서 몰랐던 나에 대해 조금씩 알아가는 즐거움을 경험했다. 무엇보다 좋았던 것은 떡볶이뿐만 아니라 나를 이루는 모든 것에 이 과정을 적용할 수 있다는 사실이다. 이제는 누가 나에게 무엇을 좋아하냐고 물어보면 자신 있게 말할 수 있다.

"나 떡볶이 좋아해!"

열렬히 좋아했던 기억을 찾아서

내가 좋아하는 것이 없는 이유 중 하나는 무언가에 흥미가 생겨도 얼마 가지를 못한다는 것이다. 흥미가 떨어지면 뒤도 안 돌아보고 좋아하는 마음을 거둔다. 지금까지는 이 반복되는 상황에 별 의미를 두지 않았는데 문득 예전에도 나는 좋아하는 것이 하나도 없는 인간이었는지 궁금해졌다. 분명 순수하게 무언가를 좋아했었던 것 같긴 한데…. 이제는 기억이 흐릿하지만, 푹 빠져서 좋아했던 나를 찾으러 가보기로 했다.

'내가 뭘 좋아했지?'라는 질문의 답을 찾기 위해서는 생각보다 훨씬 더 오래전으로 기억을 거슬러 올라가야 했다. 가볍게 잠깐 좋아했던 나보다 꽤 오래 좋아했던 나를 살펴보려면 어쩔 수 없었다. 대학교 다닐 때를 지나 교복을 입었던 고등학생, 중학생 때도 지나서 기억이 가물가물한 초등학생 시절까지 가서야 겨우 멈췄다. 좋아했던 일을 기억하려면 한참이나 지난 예전 기억에서 찾아봐야 한다는 사실이 씁쓸했다.

초등학생 때 장난감을 모으는 데 푹 빠져있었다. 장난감을 좋아하지 않는 아이가 있을까 싶지만, 오래 좋아했던 기억을 떠올렸을 때 장난감을 가지고 놀던 모습이 생각나는 것을 보면 나는 분명 장난감을 아주 좋아했었다.

내 방에는 또래 친구들보다 장난감이 많았다. 웨딩피치 주인공들이 쓰던 움직이는 요술봉부터 세일러문이 사는 궁전까지. 여자아이들이라면 눈이 번쩍 뜨일만한 장난감이 많았다. 오죽하면 장난감 도둑이 장난감을 훔쳐 간 적도 있었다. 범인으로 의심 가는 또래 아이가 있었지만 확실하진 않았다. 아끼던 장난감이 고장 나고 일부 없어졌어도 경찰을 부를 일은 아니라고 생각해서 문단속을 잘하는 걸로 마무리했던 아픈 기억이다.

내가 갖고 있는 많은 장난감 중에 진짜 좋아했던 장난감은 따로 있었다. 바로 맥도날드에서 해피밀을 먹으면 주는 장난감과 포켓몬 장난감. 그 당시 인기 있는 캐릭터와 협업한 해피 밀 장난감과 수많은 종류의 포켓몬 장난감은 나를 단숨에 사 로잡았다.

햄버거를 좋아하지도 않으면서 장난감을 갖기 위해 해피밀 을 주기적으로 사 먹었다. 심지어 해피밀 햄버거는 다른 햄버거 보다 허접하고 맛이 없었다. 장난감이 우선이었던 내게 햄버거 맛 따위는 중요하지 않았다. 장난감이 매달 바뀌기 때문에 다 음 달이 되면 눈앞에 진열된 장난감을 가질 수 없다는 사실이 어린 나를 자극했다.

포켓몬은 워낙 인기가 많아서 어딜 가도 포켓몬 장난감을 볼 수 있었다. 아이스크림을 먹으면 바 막대기에 포켓몬이 양각으 로 새겨져 있었고, 빵을 먹으면 포켓몬 스티커가 나오던 시절이 었다. 새로운 포켓몬을 모으기 위해 꼬박꼬박 간식을 챙겨 먹 었다. 피규어도 같이 모았는데 만화에서 보던 캐릭터를 그대로 만든 작고 귀여운 포켓몬 피규어를 볼 때마다 사지 않고는 지 나갈 수가 없었다.

너무 오래돼서 잊고 있었던 기억이었는데 떠올릴수록 생생 하게 그 시절의 내가 기억났다. 무언가를 순수하게 좋아하던 내 모습이 낯설었다. 나도 제법 열정적으로 좋아할 줄 아는 사람이었구나. 이랬던 애가 왜 좋아하는 게 없어서 고민인 어른이 된 거냐고 나 자신에게 묻고 싶었다.

열심히 모았던 장난감은 나이가 들수록 애물단지가 되어갔다. 모은 장난감을 들여다보는 시간이 줄어들면서 장난감은 침대 밑에서 먼지가 쌓인 채로 방치되었거나, 피아노 의자 안에 처박혀있었다. 점점 해피밀보다 맛있는 햄버거가 더 좋아졌고, 어떤 포켓몬을 살지 고민하는 시간보다 새 옷을 고르는 시간이 더 길어졌다.

중학생이 되면서 혼자서 장난감을 가지고 노는 것보다 옷을 사서 나를 꾸미는데 더 관심을 쏟았다. 학교에서 외부로 나가는 행사가 있는 날은 거의 우리들의 패션쇼가 열리는 날이었다. 남녀 할 것 없이 능력껏 꾸미고 나왔다. 그때 찍은 사진을 보면 저렇게 이상한 옷은 어디서 구해다 입었는지 두 눈 뜨고 못 봐줄 정도로 가관이지만, 그 당시에는 가장 예쁘고 멋진 옷이었다. 이런 환경 때문에 장난감은 관심에서 점점 멀어졌다.

이사를 가면서 장난감이 짐스럽다는 마음이 들어 전부 다 미련 없이 버렸다. 어른이 된 지금은 가끔 버린 장난감이 생각나기도 하고 몇 개는 놔둘걸 하는 생각이 들기도 했다. '토이스토리'에 나오는 장난감들을 생각하면 내 장난감들에게 미안한 마음이 조금 들긴 했지만⋯ 어쩔 수 없었다.

내가 장난감을 모았던 이유는 새 장난감이 생겼다는 사실에 대한 쾌감 때문이었다. 내 것이 된 순간 가장 좋았고 그 이후에는 별 감흥이 없었다. 시간이 지날수록 잠깐 기분 좋은 순간을 위해 새 장난감을 사고 싶지 않았다. 장난감을 모을수록 마음이 풍요롭지 않고 허무했다. 장난감이 많은데도 자꾸 새 장난감이 갖고 싶은 마음이 이해되지 않았다. 이때 들었던 기분이 제법 강렬해서 그 이후로 무언가를 수집하는 일은 한 번도 없었다. 예쁘고 귀엽다는 이유로 무분별하게 수집하고 싶지 않았다.

수집가가 수집하는 물건을 좋아하는 마음 자체는 정말 멋지고 부럽지만, 피규어가 유리 진열장에 모여있거나 나이키 운동화가 벽면을 따라 쌓여 있다거나 냉장고에 마그넷이 다닥다닥 붙어있는 건 인테리어 측면에서 정말 내 취향이 아니다. 남의 집은 그러든 말든 상관없다. 우리 집 안에 수집품들이 오밀조밀 자리를 차지하고 있을 생각을 하니 끔찍했다.

장난감을 열렬히 좋아했던 마음은 사라졌지만, 수집에 대한 가치관이 형성되었다. 좋아하지 않았으면 몰랐을 수도 있는 나만의 가치관이었다. 그동안 좋아하는 마음에만 집중했는데 좋아하는 마음이 사라진 덕분에(?) 나에 대해 알게 되었다.

아직 장난감을 좋아하던 성향이 조금은 남아있는지, 마트를 둘러볼 때 나도 모르게 가끔 장난감 진열대로 발걸음이 향한다. 기능적인 발전은 물론 귀여움도 놓치지 않은 신상 장난감 구경을 하다 보면 '세상 좋아졌다, 어릴 때였으면 엄마한테 무조건 사달라고 졸랐겠다'는 생각을 하면서 시간 가는 줄 모른다.

만약 장난감을 어른이 된 지금도 계속 좋아했다면 어땠을까? "이 장난감은 말이야…"하면서 장난감이 내 손에 들어왔을 때의 상황과 감정, 내가 얼마나 아끼고 좋아하는지 남들이 물어보지 않아도 신나게 떠들었을까? 그러면 자연스럽게 키덜트Kidult•가 되어서 좋아하는 것이 없다며 걱정하지 않고 살 수

• Kid(어린이)와 Adult(성인)의 합성어. 어린이들이 좋아하는 영화나 만화, 장난감 따위에 열광하거나, 이를 광적으로 수집하는 취미를 가진 성인

도 있었을 텐데. 그렇다고 해서 억지로 다시 예전처럼 장난감을 좋아할 수는 없는 노릇이다. 또 모른다. 무슨 바람이 들어서 갑자기 내 방에 장난감을 들여놓을지도. 무엇이든 좋아하는 마음은 언제나 환영이다.

마음을 알아차리는 데 걸린 시간

여러 번 흥미가 떨어져도 지속해서 하는 것이 있다. 그것은 바로 일기 쓰기. 기억 속 최초의 일기는 초등학생 때다. 일기는 그저 선생님께서 숙제를 내줘서 할 뿐이었다. 선생님께서 일기 끝자락에 빨간 볼펜으로 써주시는 첨언과 '참 잘했어요' 도장은 재미없는 일기 쓰기의 보상으로는 역부족이었다. 밀린 일기를 하루에 몰아서 거짓말로 쓰기도 했다. 들키지 않으려고 일기는 나중에 쓰더라도 날씨 표시만큼은 제때 해두는 치밀함까지 보였다.

자발적으로 일기를 쓰기 시작한 것은 중학생 때부터다. 그 당시 극심하게 앓았던 중2병을 풀어낼 유일한 공간이 다이어리였다. 다이어리에는 특유의 치명적이고 우울한 정서가 가득한 자우림의 노래 가사로 뒤덮여있었다. '왜 나를 사랑하지 않아', '미안해 널 미워해'와 같은 원망과 미움이 느껴지는 가사는 지독한 중2병 환자의 마음 한구석을 세차게 흔들었다. 다이어리만 보면 나는 세상에서 버려졌고, 늘 괴롭고, 도와줄 사람은 아무도 없는 비극적인 드라마 주인공이었다.

일기 다운 일기를 쓰기 시작한 건 고등학생 때부터였다. 잊고 싶지 않았던 하루를 기록하고 싶어서 시작했다. 지금 생각하면 별일도 아니지만 배 찢어지도록 웃었던, 친구들과 즐거웠던 순간을 생생히 기록하고 싶었다. 일기에 그날 있었던 일과 감정을 세세하게 썼다. 다만 일기에 너무 많은 일을 한꺼번에 쓰다가 지치기 일쑤여서 문제였다. 점점 일기를 쓰는 것이 귀찮아 쓰지 않고 지나가는 날이 잦아지면서 일기 쓰기를 그만뒀다.

대학생 땐 나만의 감각을 키우고 싶어서 학교에서 받은 다이어리에 일기를 다시 쓰기 시작했다. 하루를 기록하는 일기라기보다는 그날 있었던 일을 재료 삼아 내 방식대로 표현하는 다이어리 꾸미기에 가까웠다. 정체 모를 그림을 그리기도 하고,

패션잡지에 인쇄된 모델을 가위로 오려서 붙이고, 화장품 패키지를 뜯어서 붙이기도 했다.

디자인 학과 학생으로서 다이어리를 개성 있게 꾸며야 한다는 강박관념이 있었다. 동일하게 나누어진 다이어리 칸을 마음대로 넘나들며 채워나가는 것은 묘한 쾌감을 불러일으켰다. 그런데 이상하게도 다이어리를 쓸수록 부담감이 커졌다. 다이어리를 꾸밀 좋은 아이디어가 떠오르지 않으면 나 자신에게 실망했다. 날이 갈수록 다이어리를 쓰는 시간이 즐겁지 않았다. 그렇게 빈칸이 늘어갔고 다이어리를 쓰지 않았다.

회사에 들어가면서 일기를 다시 썼다. 회사에서 마주치는 이상한 사람들과 말도 안 되는 상황은 일기 쓰기 욕구를 불타오르게 했다. 연말마다 다음 해 다이어리를 고르는 재미도 새롭게 알았다. 그전까지는 다이어리를 1년도 못 썼는데 매년 다이어리를 사서 쓴 건 처음이었다. 이번엔 쉬지 않고 7년 동안 일기를 썼지만, 어느 순간부터 일기 권태기가 왔다. 다시 한번 일기 쓰기를 그만뒀다.

일기 쓰기를 그만둔 지 3년이 지났다. 일기를 아예 쓰지 않은 건 정말 오랜만이었다. 다시 일기를 쓰고 싶다는 생각이 들었던 것은 아이패드iPad에 일기를 쓰는 유튜브 영상을 본 후부터였다. 다이어리 양식을 내 마음대로 고르거나 만들 수 있다는 점이 마음에 들었다. 가장 좋았던 점은 마음껏 썼다 지웠다 할 수 있다는 것이었다. 손으로 직접 쓸 때는 글씨가 마음에 안 들거나 틀리면 짜증이 확 올라오면서 다이어리를 불태워 버리고 싶었는데 그럴 일이 없어서 만족스러웠다. 다이어리를 보관할 공간이 없어도 된다는 점도 좋았다.

아이패드뿐만 아니라 일기를 상황에 따라 여러 곳에 적었다. 일기에 쓰고 싶은 내용이 긴데 각 잡고 쓰기 귀찮으면 침대에서 스마트폰 메모앱에 썼다가, 주절주절 긴 이야기를 편하게 쓰고 싶으면 노트북으로 구글 드라이브에 적었다가, 아무도 몰랐으면 하는 찌질하고 비밀스러운 이야기는 외장하드 안에 숨겨두었다.

오랫동안 일기를 쓰다 3년간 멈추고 나서야 알았다. 일기를 쓰지 않으니 기억나는 날이 없다는 것을. 그나마 맛집에 가거나, 여행 가서 스마트폰으로 찍은 사진이 내 기억의 전부였다. 굳이 사진으로 남길 장면이 아니지만, 기억하고 싶은 장면을 일기에 쓰기 좋았다.

일기를 잘 쓰고 싶은 마음을 버렸더니 오히려 계속 쓰고 싶어졌다. 이제는 글씨체도 신경 쓰지 않는다. 일기에 퇴고 따위 없다. 그냥 생각나는 대로 내뱉는다. 시간 순서도 안 지킨다. 저녁에 있던 일을 쓰다가 아침에 있던 일도 생각나서 '아, 이런 일도 있었지' 하면서 이어 적는 식이다. 특별히 적을 게 없어서 '김치찌개 먹었다', '얼어 죽는 줄' 이런 일기만 적은 날도 있었다. 예전에는 '이런 일기를 쓸 바엔 안 쓰고 말지' 하고 칸을 비워두었다. 이제는 시시콜콜한 일기가 하루를 무탈하게 잘 보낸 증거처럼 느껴졌다.

일상에 변화가 왔을 때마다 일기가 쓰고 싶어졌다. 중학생 때는 우울감 토로용, 고등학생 때는 즐거움 기록용, 대학생 때는 창작용, 사회생활 할 때는 일상 및 감정 기록용. 내가 맞이한 상황에 따라 일기의 용도가 바뀌었다. 마치 어렸을 때는 '난 이런 사람이야'라고 드러내고 싶었다면 이제는 나 자신을 있는 그대로 받아들이는 방향으로 점차 바뀌면서 일기를 쓰는 방식도 따라 바뀌었다. 여러 번 시행착오 끝에 일기 쓰기는 나에게 최적화되었다. 이는 나에 대해 알아간다는 의미와 같았다. 나에 대해 알고 싶다는 마음이 일기를 계속해서 쓰도록 만든 원

동력이었다.

　이제는 내가 살아온 세월 중에서 일기를 쓰지 않았던 날보다 일기를 쓴 날이 더 많다. '일기 쓰기 너무 좋아! 행복해!' 이런 감정이 든 적은 없었지만, 항상 잔잔하게 좋아했던 것 같다.

　나는 어쩌면 좋아하는 것이 없는 게 아니라 남들보다 좋아하는 마음을 느리게 알아차리는 사람일지도 모른다. 무엇이든 일기처럼 아주 좋아하지 않더라도 가볍게 꾸준히 하다 보면 점점 좋아하는 마음이 자라나려나. 늘 단번에, 확실하게 좋아하려고 해서 그동안 좋아하는 게 없었던 것 아닐까.

　좋아하는 마음은 마치 파도가 출렁이듯 세차게 좋아졌다가 가라앉았다 또다시 조금씩 좋아지기를 반복한다. 언제나 열정적으로 좋아할 수는 없다. 좋아하는 마음이 줄었다고 '나랑 안 맞아, 별로야'라고 단칼에 관심을 거두지 말고, 마음 한구석 어딘가에 보관해 둬야겠다.

뜨뜻미지근하게 좋아하기

덕후처럼 좋아하는 삶을 살아본 적이 없어서 덕후가 부럽다. 처음엔 덕후를 다수가 살아가는 세상에 적응 못해서 남들이 잘 모르는 세계로 도망치는 사람들이라고 생각했다. 하지만 그들은 도망친 게 아니라 자기만의 세계를 구축하고 있었다. 따분한 일상과 버거운 세상을 이겨낼 수 있는 무기를 가지고서. 요즘엔 덕후라는 단어 앞에 그 무엇이 와도 어색하지 않다. 키보드 덕후, 커피 덕후, 양말 덕후, 펜 덕후…. 수많은 덕후 중에 내가 될 수 있는 덕후는 하나도 없다. 나는 정말 덕후처럼 좋아할 수 없는 걸까?

나 vs 가수 덕후

그동안 좋아하는 가수는 몇몇 있었지만, 콘서트를 가본 적은 한 번도 없었다. 굳이 콘서트까지 가서 가수와 노래를 직접 보고 듣고 싶었던 적이 없었다. 앨범 구매와 MD[•]는 더더욱 관심이 없다. 신곡이 나와도 굳이 찾아 듣지 않고 우연히 들었다가 취향에 맞으면 플레이리스트에 추가한다.

가수 덕후들은 다르다. 특히 아이돌 덕후가 그렇다. 그들은 피 터지는 티켓 예매 경쟁에서 겨우겨우 표를 구해서 좋아하는 가수의 콘서트에 참석하는 건 기본이다. 콘서트를 3일 동안 하면 3일 내내 전부 참여하는 덕후도 다수이다. 가수의 스케줄을 줄줄 꿰고 있으며, 새 앨범이 나오면 무조건 사고, MD도 산다. 가수의 신곡이 나오면 음원 차트에서 노래 순위를 상위권으로 올리기 위해 스트리밍Streaming[•] 활동도 열심히 한다.

하루는 강남역 프랜차이즈 카페에서 아메리카노를 주문하고 자리에 앉았는데 분위기가 평소와 달랐다. 테이블마다 뭔

[•] 머천다이즈(Merchandise). 특정 브랜드나 연예인 등이 출시하는 기획 상품
[•] 특정 음악이나 동영상을 내려받지 않고, 인터넷 상에서 바로 실시간으로 재생하는 행위. 여기서는 반복 재생을 의미한다.

가가 펼쳐져 있었고 사람들은 돌아다니며 테이블 위를 유심히 쳐다봤다. 다들 서로 아는 사이 같지는 않았다. 마치 편의점에서 무엇을 살지 고민돼서 같은 곳을 빙글빙글 도는 모습이었다. 알고 보니 그들은 한 아이돌의 팬이었고, 아이돌 멤버별 사진이 인쇄된 포토 카드를 펼쳐놓고 교환하고 있었다.

아이돌 그룹의 앨범이나 MD에 포토 카드가 포함되어 있는데 같은 멤버여도 다른 의상, 포즈, 표정 등으로 여러 버전의 카드가 존재한다. 포토 카드는 무작위로 포함되어 있어 팬들은 원하는 멤버의 카드를 얻기 위해 이 카페에 모인 것이었다. 한 무리는 원하는 포토 카드를 그 자리에서 다 구했는지 "야, 오늘 할 일 다 했다!" 외치고 노트북을 탁 덮으며 세상을 다 얻은 듯한 표정을 내비쳤다. 포토 카드라는 게 존재한다는 건 알고 있었지만, 거래 현장을 눈앞에서 보니 문화충격이었다. 누가 시키지도 않았는데 순수하게 가수를 좋아하는 마음만으로 이렇게나 수고스러운 일을 하다니. 카페 안의 아이돌 팬들은 모두 행복해 보였다.

나 vs 영화 덕후

나에게 영화관이란 그저 '할 거 없는데 마침 잘됐네' 하고 영화 보러 가는 곳이다. 애초에 긴 길이의 영상을 잘 못 본다. 드라마보다 좀 더 날 것의 표현법이라고 해야 하나. 그런 특유의 영화 분위기가 나와 맞지 않았다. 물론 그동안 봤던 영화 중에 내 취향에 맞고 재밌는 영화는 있었지만, 인생영화라고 할만한 건 딱히 없었다. 좋았던 영화를 보고 나서는 당일 저녁에 다른 사람들 반응을 찾아보거나 비하인드 스토리가 있으면 가볍게 둘러보는 게 끝이다. 한번 본 영화는 두 번 보지 않는다.

영화 덕후는 다르다. 가수 덕후가 같은 콘서트를 여러 번 가듯이 영화 덕후도 좋아하는 영화라면 N차 관람을 한다. 같은 영화를 두, 세 번이 아니라 수십 번 보는 사람도 있다고 한다. 영화 첫 관람에서 놓칠 수 있는 세부적인 요소나 숨겨진 의미, 복합적인 구성을 더 깊게 이해하기 위해 영화를 여러 번 관람한다. 단순히 좋아하는 대사나 특정 장면을 반복해서 보기 위해 N차 관람하기도 한다. 영화 리뷰를 찾아보거나 직접 작성하기도 하며, 영화제에서 다양한 영화를 감상하고 감독이나 배우와의 Q&A 시간에 참여한다.

나 vs 취미 덕후

한가한 시간에 하는 취미도 딱히 없다. 누워서 온라인에 떠

도는 콘텐츠를 보는 게 전부다. 새로고침해도 이미 다 훑고 넘어간 콘텐츠인데 괜히 유튜브와 인스타그램을 기웃거리며 새로운 거 없는지 찾아다닐 뿐이다. 콘텐츠에 댓글 다는 것도 별로 좋아하지 않는다. 어쩌다 궁금한 게 있으면 질문만 올리고 시간이 지나면 삭제한다.

취미 덕후는 다르다. 취미 덕후는 두 분류로 나뉜다. 취미를 다양하게 배우는 사람과 하나만 파는 사람. 다양 취미파는 별걸 다 배운다. 러닝, 헬스, 수영, 피아노, 기타, 축구, 연기…. 소식을 들을 때마다 새로운 걸 배우고 있다. 다양한 취미를 한다고 해서 취미 체험만 하는 거 아니냐는 의구심이 들 수도 있지만 아니다. 시도한 취미 중 잘 맞는 취미는 진심으로 좋아하고 즐기며 오랫동안 한다.

하나만 파는 취미파는 취미에 대한 애정과 열정이 대단하다. 수영을 좋아하는 친구는 취미로 시작했다가 수영 강사를 권유받기도 하고, 아마추어 수영 대회도 나가고, 인명구조사 자격증도 땄다. 이제는 어엿한 수영복 쇼핑몰 사장님까지 되었다. 발레가 취미인 친구는 발레복을 살 때마다 어떤 옷이 더 예쁘냐고 물어보는데 내가 본 옷만 해도 10벌 이상이다. 때로는 발레복을 사려고 발레를 배우는 느낌도 들었지만, 어찌 됐든 친구는 본인만의 방식으로 발레를 즐긴다.

덕후가 아닌 나와 덕후의 삶을 비교하니 한없이 내 인생이 무미건조하게 느껴진다. 아니, 꼭 덕후처럼 미친 듯이 좋아해야만 하나. 그런 법을 만든 사람도 없다. 덕후처럼 팔팔 끓진 않지만 뜨뜻미지근하게 요즘 관심 있고 좋아하는 것들이 있다.

가수는 세븐틴을 좋아한다. 정확히는 세븐틴의 자체 콘텐츠 '고잉 세븐틴'을 좋아한다. 아이돌판 무한도전이라는 수식어가 있을 정도로 콘텐츠가 다양해서 재밌다. 고잉세븐틴에서 시작해서 세븐틴 노래도 하나씩 듣기 시작했는데 생각보다 노래가 내 취향이었다. 정신 차리고 보니 플레이리스트에 세븐틴 노래가 많아졌다.

영화는 별로 안 좋아하지만, 드라마는 좋아하는 편이다. 꽂히는 드라마가 자주 없어서 그렇지 한번 꽂히면 마지막 화까지 챙겨본다. 범죄, 스릴러 장르인 '시그널Signal'과 '비밀의 숲', 고정관념을 깬 '질투의 화신' 같은 드라마를 좋아한다. 가끔 '천국의 계단', '상속자들'과 같은 오래된 인기 드라마를 요약한 콘텐츠가 올라오면 본다. 세월이 지나 어쩔 수 없이 촌스럽게 느껴지는 패션과 감성, 특유의 억지 설정과 막장 전개를 보고 있으면 굉장히 흥미롭다.

요즘 자기 전에 유튜브에서 ASMR*을 틀어둔다. 극심한 월요병 때문에 일요일 밤마다 잠이 안 와서 ASMR을 보기 시작했다. ASMR의 세계는 정말 상상 이상으로 무궁무진했다. 나는 강아지 마사지 소리, 가위질 소리, 물건을 손끝으로 두드리는 태핑Tapping, 조용한 말소리, 물기 없이 건조한 소리 위주의 ASMR을 좋아한다.

미지근하게 좋아하는 게 뭐 어떠냐고 당당하게 글을 써내려 왔지만, 솔직히 덕후가 여전히 부럽긴 하다. 부러워도 어쩌겠어. 내가 애초에 이렇게 생겨 먹은걸. 얼마나 깊게 좋아하는지에 너무 큰 의미를 부여하기보다는 조금이라도 내가 좋아하는 것이 무엇인지에 집중하면서 살아야지. 열정적으로 무언가를 좋아하는 사람을 덕후라고 부르듯이, 나처럼 적당히 미지근하게 무언가를 즐기는 사람에게도 지칭하는 단어가 따로 있으면 좋겠다.

● 청각, 시각, 촉각 등을 이용해 뇌를 자극해서 심리적 안정을 유도하는 것

별걸 다 싫어한다 너는

좋아하는 것이 없어서 고민인 사람은 싫어하는 것도 없을까. 매사에 좋지도 싫지도 않은 상태이지 않을까? 그럴 줄 알았는데 아니다. 싫어하는 게 너무 많다. 뭐 이런 것까지 싫어하나 싶을 정도로. 나 자신도 놀랍다. 어쩜 저렇게 뾰족하게 싫어할 수 있을까. 특히 나와 가깝고 편한 사이일수록 내가 얼마나 사소한 것들을 싫어하는지 솔직하게 드러낸다. 그들은 속으로 '쟤 또 저러네'하며 가만히 듣다가 답한다.

"별걸 다 싫어한다 너는"

처음 가는 카페를 갈 때 일단 검색한다. 위치가 어딘지 확인하고, 별점도 확인한다. 블로그로 카페 인테리어와 분위기, 커피와 디저트 맛, 대기 여부 등을 확인한다. 그럴싸하게 찍은 인스타그램 카페 사진을 보고 갔다가 별로였던 적이 많아서 블로그의 사실적인 후기를 더 선호한다. 전반적으로 괜찮아서 '가볼까?' 하는 순간, 카페 메뉴판 사진이 눈에 들어온다. 갑자기 마음이 바뀌어 다른 카페를 찾는다.

나는 왜 가려고 했던 카페를 가지 않았을까? 메뉴판을 확인했더니 가격이 너무 비싸서 그랬을까? 아니다. 메뉴판이 마음에 들지 않았기 때문이다. 인테리어는 신경 써서 해놓고 메뉴판 서체가 카페 분위기와 전혀 어울리지 않거나, 선을 찍찍 긋고 손 글씨로 메뉴와 가격을 수정한 걸 발견한 순간 가고 싶었던 마음이 싹 사라졌다. 메뉴판도 카페의 첫인상을 좌우하는 중요한 요소인데 그걸 무시한 곳은 왠지 커피도 맛없을 것 같았다. 마치 소개팅 첫 만남에 머리부터 발끝까지 내 스타일인 상대의 앞니에서 고춧가루를 발견한 느낌과 비슷하다.

카페나 음식점에서 파는 굿즈가 싫다. 특히 '요즘은 다 굿즈 하나씩은 만들던데' 하면서 고민 없이 만든 티 나는 티셔츠, 스티커, 볼펜 같은 굿즈가 싫다. 무슨 자신감인지 굿즈에서 별다른 디자인 특성이나 스토리는 보이지 않고 가게 로고 하나 넣어서 판매한다. 내가 아무리 좋아하는 단골 카페에서 밑도 끝도 없이 로고 박힌 티셔츠를 판다고 한들 사지 않을 것이다.

식사할 때 내 밥이 더러워지는 게 싫다. 흰 밥과 하얀 밥그릇에 김치나 반찬 양념이 묻는 게 보기 싫다. 앞접시는 더러워져도 괜찮다. 음식은 무조건 앞접시에 덜고, 앞접시가 없으면 최대한 숟가락 위에서 해결한다. 그렇다면 흑미 잡곡밥에 스테인리스 공깃밥 그릇은 어떤가? 그것도 싫다. 아무튼 싫다. 다른 사람은 밥그릇에 찌개를 섞어 먹든 김치를 찢어 먹든 아무 상관 없다. 내 밥그릇은 절대 안 돼!

붙어있는 코트 뒤트임이 싫다. 코트를 사면 뒤트임이 실로 고정되어 있는데 이걸 자르지 않고 다니는 사람이 생각보다 아주 많다. 아마 코트를 새로 사고선 깜박하고 뒤트임을 트지 않고 다니는 사람이 대부분일 것이다. 걸을 때마다 뒤트임이 자연스럽게 펄럭거리지 않고 뒤뚱뒤뚱한 느낌이 너무 싫다. 마음 같아서는 가방 속에 가위를 챙겨 다니면서 '제가 코트 뒤트임 좀 잘라드려도 될까요?'라고 묻고 쓱 잘라주고 싶다. 생각만 해도 속이 다 시원해.

'~했다'로 끝나는 노래 가사가 싫다. 이건 솔직히 왜 싫은지 나도 잘 모르겠다. 예를 들면 '사랑했다, 울었다, 행복했다' 이런 가사다. 뭔가 갑자기 노래가 뚝 끊기는 느낌이 드는 것 같기도 하고, '따'라는 발음이 너무 튀는 것 같기도 했다. 일기를 그대로 옮겨 음을 붙인 느낌이라 어색한 느낌이 들었나. 희한하게 김범수의 '보고 싶다'는 또 괜찮다.

내가 싫어하는 것 중에 공개적으로 쓰지 못할 것들도 많다. 밝혔다간 뜨거운 비난이 오가고 내 글은 여기저기 옮겨 다닐 것이다. 혐오에 가까운 생각은 마음 한구석에 숨겨둬야지.

싫어하는 게 너무 많아서 매사에 부정적인 나 자신이 싫을 때도 있었다. 한편으로는 싫어하는 거라도 있어서 다행이다 싶었다. 적어도 내 감정을 쓸 힘은 있다는 뜻이니까. 좋아하는 것도 없고 싫어하는 것도 없는, 아무것도 없는 삶은 솔직히 두렵다. 이제는 싫어하는 데 힘쓰지 말고 별걸 다 좋아했으면 좋겠다. 작고 보잘것없어도 좋아할 줄 아는, 남들이 놓치기 쉬운 사소한 순간을 즐기는 사람이 되고 싶다.

시작을 못하는 이유

좋아하는 것이 없는 사람은 시작이 어렵다. 무언가를 좋아하려면 관심으로부터 무엇이든 시작해야 하는데 그게 잘 안된다. 관심의 시작은 굉장히 사소하다. 귀여워서, 멋있어서, 예뻐서, 있어 보여서…. 하지만 작은 관심만으로는 시작에 불을 지피기에 한없이 부족하다.

오래전부터 꼭 해보고 싶었던 것이 있었다. 그건 바로 집 꾸미기. 부모님이랑 같이 산다는 이유로 집을 꾸미는 건 언젠가 독립할 그날로 미루기 일쑤였다. 인간의 탈을 쓴 캥거루의 독립 계획은 점점 멀어졌고 집 꾸미기에 대한 관심도 같이 희미해졌다.

라이프스타일 플랫폼 '오늘의집'에 올라온 수많은 집 사진을 보고 내가 집 꾸미기를 하지 않는 모든 이유가 핑계였다는 사실을 알았다. 자기 집이 아니라는 이유와 독립을 하지 않았다는 사실은 그들이 집을 꾸미는 데 아무 상관이 없었다. 자신이 머무는 곳이 어디든 내 취향이 담긴 공간에서 살겠다는 강렬한 의지가 사진에서 뿜어져 나왔다.

오늘의집 회원들의 사례는 나에게 신선한 충격을 주었지만, 집을 꾸미겠다는 의지가 생기기엔 부족했다. 나의 취향이 손톱만큼도 반영되지 않고 서로 어울리지 않는 오래된 가구들을 보고 있자니 어디부터 손을 대야 할지 막막했다. 그들만큼 집을 예쁘게 꾸미는 것보다 이사를 해서 모든 걸 새롭게 시작하는 게 빠를 것 같았다.

집 꾸미기를 포기했더니 책상 꾸미기가 눈에 들어왔다. 데스크와 인테리어를 합쳐서 '데스크테리어'라는 단어를 사용할 만큼 사람들은 책상 꾸미기에 진심이었다. 집을 꾸미는 것보다 훨씬 부담이 덜 돼서 꼭 해보고 싶었지만 데스크테리어를 하려면 큰 난관을 넘어야 했다.

내가 쓰던 책상은 초등학생 때부터 쓰던 책상이었다. 그 책상을 30살이 넘도록 계속 썼다. 평소에 책상을 쓸 일이 자주 없었고, 쓰는 데 문제가 없어서 그냥 내버려두었다. 색이 바랬고, 책장 표면 일부가 뜯어졌고, 어렸을 때 붙여둔 하트 스티커가 붙어있고, 서랍 손잡이는 헐거워서 덜렁거렸지만, 책상의 역할은 온전히 했기에 지금까지 썼다. 언제부턴가 책상이 제발 나를 버려달라고 울부짖는 것 같아서 책상을 새로 바꿨다.

새 책상이 생기면 내 취향대로 꾸며보겠다고 단단히 벼르고 있었다. 집 꾸미기에 쓰지 못한 열정을 책상에 다 쏟아붓겠다고 생각했다. 현실은 데스크테리어는 무슨, 책상 위에 앉은 먼지나 제때 치우면 다행이었다. 결국 책상만 바뀌고 달라진 건 아무것도 없었다.

연필꽂이가 없어서 집에 굴러다니던 플라스틱 컵으로 대신 썼다. 데스크테리어의 첫 시작으로 연필꽂이부터 바꾸고 싶었다. 온라인몰을 찾아봐도, 소품 가게를 가도 마음에 드는 연필꽂이는 없었다. 연필꽂이 역할만 하기보다는 하나의 소품 같은, 느낌 있는 디자인이면 좋겠다고 생각했는데 그런 연필꽂이를 아직 찾지 못했다. 연필꽂이를 시작으로 하나씩 책상 소품을 사고 싶었는데, 여기서 막히니 책상을 방치했다.

책상만 바꾸면 느낌 있게 조명등을 한쪽에 설치하고, 꽃병에 생화를 꽂아놓고, 벽면에 포스터도 붙여놓고 그 책상에 앉아서 여유롭게 책 읽고 노트북을 하는 나를 꿈꿨지만 다 허상이었다. 책상만 바꾸면 다 할 줄 알았는데 아니었다. 이런 식이라면 독립을 해도 집 꾸미기는 글렀다. 지금과 다름없이 살 게 뻔했다.

왜 이렇게 시작이 어려울까? 처음부터 잘하고 싶은 마음, 하다가 또 금방 그만두겠지 하는 마음, 시작도 안 했는데 산 걸 처분할 생각, 어디서 자꾸 샘솟는 핑계. 이게 시작이 어려운 이유 종합세트다. 내가 별난가? 그래도 나 같은 사람들이 많으니까 나이키의 'JUST DO IT'에 열광하겠지.

처음부터 잘하고 싶은 욕심이 가장 문제다. 잘하는 사람을 보고 '오, 나도 해보고 싶다!' 하다가 막상 시작하려면 그 사람처럼 잘할 자신이 없으니까 흥미를 잃는다. 되게 못하는데 굉장히 즐거워하는 사람을 먼저 봤으면 시작이 쉬웠을지도 모른다. '처음부터 잘하면 무슨 재미냐, 실력이 점점 느는 맛으로 하는 거지'라고 생각하다가도 그냥 처음부터 아무 노력 없이 잘했으면 좋겠다. 애초부터 즐기고 싶다. 못 하면 못 하는 대로 만족하고 싶어도 솔직히 잘해야 재밌기는 하다. 그래야 할 맛이 나니까.

또 하고 싶은 마음이 불쑥 나타나면 무엇이든 시작해 보라고 내게 말해야겠다. 하다가 그만둬도 괜찮다고, 못 해도 괜찮다고, 뚝딱거리는 나를 지긋이 바라봐야지. '잘하는 나' 말고 '하는 나'가 될래.

3

좋아하는 마음 이어가기

매일 메일 읽기

디자이너가 영감을 얻기 가장 쉬운 방법은 핀터레스트Pinter-est와 비핸스Behance를 둘러보는 것이다. 핀터레스트는 시각적인 아이디어와 콘텐츠를 쉽게 발견하고 공유할 수 있는 플랫폼이며, 비핸스는 디자이너가 본인의 창작물을 홍보하고 네트워킹할 수 있는 플랫폼이다. 조금 더 깊이 있는 디자인 영감을 얻고 싶을 땐 월간 디자인 매거진과 잘 나가는 디자인 에이전시 웹사이트를 둘러봤다.

언제부턴가 디자인 업계 바깥세상이 궁금해지기 시작했다. 디자인 관련 정보만 파는 내가 우물 안 개구리 같다는 생각이 들었다. 디자이너가 하는 이야기 말고, 디자인과 상관없는 사람들의 이야기가 듣고 싶었다. 그러던 찰나에 뉴스레터를 추천하는 게시물을 발견했고, 뉴닉NEWNEEK과 어피티UPPITY를 구독했다. 뉴닉은 젊은 층을 대상으로 복잡한 뉴스를 쉽고 재미있게 요약해 전달하는 뉴스레터이며, 어피티는 사회초년생을 위해 경제와 재테크 뉴스를 간결하고 이해하기 쉬운 형태로 제공하는 뉴스레터 서비스다.

뉴스레터 구독 신청을 한 후 평소에 쓸 일이 없어 비밀번호도 가물가물했던 개인 메일함에 들어갔다. 스팸메일만 가득했던 메일함에 구독한 메일이 하나씩 오기 시작했다. 무료여서 큰 기대 없이 구독을 시작했는데 생각보다 완성도가 좋아서 놀랐다. 초반에는 신나서 놓치지 않고 꼬박꼬박 읽었다. 하지만 무료 서비스는 양날의 검 같았다. 무료 서비스 덕분에 좋은 정보에 쉽게 접근할 수 있었지만, 한편으로는 그 가치를 과소평가하며 뉴스레터를 읽지 않고 쌓아두는 날이 늘어갔다.

유료 뉴스레터 '롱블랙LongBlack'을 구독하기 시작했다. 롱블랙은 하루에 하나씩 비즈니스 인사이트가 담긴 노트를 발행하고, 발행한 지 24시간이 지나면 읽을 수 없는 뉴스레터다. 뉴스레터를 제때 안 읽고 메일함에 쌓아뒀던 나에게 딱 좋은 시스템이었다. 역시 유료인 만큼 완성도가 높았고 다양한 주제의 글을 읽을 수 있어서 만족스러웠다.

가장 만족스러웠던 부분은 평소에 관심이 전혀 없는 분야의 글에서 생각지 못한 영감을 얻었을 때였다. 농구선수, 비건 화장품 브랜드 대표, 바리스타 등 유튜브에서 봤으면 그저 넘겼을 사람들의 이야기를 롱블랙 덕분에 흥미롭게 볼 수 있었다. 기억하고 싶은 문장을 발견하면 캡처해 두는데, 캡처본 중 70% 이상이 롱블랙 콘텐츠다. 나 같은 사람이 많았는지 롱블랙은 문장 저장 서비스를 제공한다. 저장한 문장 중에 기억에 남는 건 패션 디자이너 지용킴의 좋아하는 감각을 기르는 것에 대한 인터뷰다.

저는 옷을 어렵게 좋아했어요. 좋은 옷을 파는 공간도 적었고, 스마트폰과 인스타그램도 없었죠. 늘 컴퓨터를 켜 해외 사이트를 다니며 국내에 없는 뭔가를 찾아다녔습니다. 일본과 영국에서 공부할 때도 도서관에서 살았죠. 지금의 분위기는 조금 다른 듯해요. 어떤 옷을 좋아하는지, 디자이너를 좋아하는지 물으면 인스타그램에서 발견해 좋아한다고 말합니다. '좋아요'를 눌렀다고만 해서 내가 그걸 진짜 좋아하는 건 아닌 거죠. 요즘은 '자기가 진짜 좋아하는 걸 알기 어려운 시대'라고 생각해요. 결국, 절대적인 나의 감각을 키우려면 스스로 고민을 많이 해야 합니다. 롱블랙 <지용킴:햇빛도 패션이 될 수 있다, 전에 없던 옷을 제안하는 법>

'좋아하는 것을 하면서 사는 사람은 이런 생각을 하면서 사는 구나' 싶었다. 옷을 어렵게 좋아한 지용킴과는 다르게 나는 모든 걸 쉽게 좋아하려고만 했다. 단순히 좋아하는 감정에서 멈추지 않고 자기만의 감각으로 발전시킨 그의 노력이 멋있었다.

구독 중인 뉴스레터는 대부분 정보성 콘텐츠다. 그중 유일하게 다른 성격의 뉴스레터가 '밑미레터meet me letter'다. 밑미레터는 '진짜 나'를 찾아가는 사람들의 이야기와 마음을 위로하는 이야기를 담은 뉴스레터다. 월요일이 뉴스레터가 가장 많이 오는 날인데, 가장 좋아하는 음식을 아껴뒀다가 마지막에 먹듯이 마지막에 밑미레터를 열어본다.

밑미레터에서 보고 좋았던 문장이 있다. 이 문장 덕분에 별

문제 아니라고 생각했던, 오랫동안 하기 싫은데 억지로 해온 일을 돌아보게 되었다.

> 무언가를 억지로 하게 되면 겉으로 보기에는 아무 문제없고 완벽하게 일을 해내고 있는 것처럼 보여도 속으로는 자신이 처한 상황에 저항하고 불평하는 에너지를 만들어내요. 불평을 하면 스스로가 희생자가 되지만 자신의 의견을 밖으로 발산하면 힘을 가지고 변화를 만들어나갈 수 있어요. 밑미레터 <하기 싫은데 억지로 하는 일이 있나요?>

하기 싫은 일을 묵묵히 하는 것이 나의 일상을 평온하게 유지하는 방법이라고 생각했는데 아니라는 사실에 충격받았다. 앞으로는 불평하는 단계에 머물러 나 자신을 희생자로 만들지 말고 내가 옳다고 생각하는 대로 실행하고 표현하기로 마음먹었다. 우연히 읽은 문장 몇 줄로 단숨에 달라지기는 어려웠지만, 내가 생각하지 못했던 문제점을 파악할 수 있었고 위로가 되었다.

굳이 새로운 정보를 찾아 나서지 않아도 알아서 떠먹여 주는 뉴스레터가 좋았다. 알고리즘에 익숙해진 세상에서 관심사 밖의 이야기를 쉽게 볼 수 있었다. 뉴스레터와 비슷한 내용을 전달하는 유튜브도 여럿 구독해 놨지만, 엔터테인먼트 성격의 유튜브 채널에 먼저 손이 가서 결국 안 보게 되었다.

글을 읽고 싶은데 책도, 잡지도, 신문도 읽기가 너무 부담스러웠다. 무엇이든 가볍게 읽을 수 있으면서 내용은 어느 정도 깊이가 있었으면 했을 때 뉴스레터가 딱 좋았다. 읽는 데 부담이 없어서 자연스럽게 매일 아침마다 뉴스레터를 읽는 습관이 형성됐다.

많은 뉴스레터가 무료이지만 운영자에게 새로운 기회가 될 수 있다. 개인이나 회사의 브랜드를 홍보하고, 유료 서비스를 안내하고, 협업의 기회를 만들고, 포트폴리오로 사용하기도 한다. 각자 목적성을 띠고 있지만 정성 어린 내용이 눈에 먼저 들어와서 좋았다. 그래서인지 유튜브나 인스타그램보다 뉴스레터가 노골적인 느낌이 덜했다. 정신적인 피로도가 낮아서 뉴스레터를 꾸준히 읽을 수 있었다.

처음엔 두 개를 구독했던 뉴스레터가 지금은 스무 개로 늘었다. 뉴스레터마다 발행주기가 달라서 나도 모르게 많아졌다. 자주 챙겨보지 않는 뉴스레터는 해지해야겠다고 마음먹고 둘러봤으나 뉴스레터마다 매력이 달라서 막상 구독 취소할 수 없었다. 역시 인간의 욕심은 끝이 없다.

사실은 하나 더 구독하고 싶은 뉴스레터가 있다. 철학 주제 뉴스레터 '전기가오리'다. 이름부터 심상치 않다. 꽤 오래전부터 구독하고 싶었지만, 평소에 철학 책을 읽지도 않고, 내용이 어렵지 않을까 생각해서 구독을 고민했다. 그래도 전기가오리는 메일이 아닌 우편으로, 즉 실물로 받을 수 있다는 점에서 호기심에 구독해 보고 싶었다. 조만간 구독하는 뉴스레터가 하나 더 늘 것 같다.

구독하고 있는 모든 뉴스레터 운영자에게 감사하다는 말을 전하고 싶다. 특히 무료 뉴스레터 운영자에겐 더욱 감사하다. 읽으면서도 '이렇게 좋은 정보를 왜 돈도 안 받고 사람들에게 보내는 거지?' 싶을 정도로 유익한 무료 뉴스레터가 널렸다. 그들은 더 큰 그림을 그리며 무료 뉴스레터를 발행하겠지만 구독자 입장에서는 감사할 따름이다.

뉴스레터 끄트머리에는 참여를 독려하는 문구로 마무리한다. 내용이 어땠는지 별점을 달라고 하거나, 후기를 보내달라고 하는 요청을 늘 귀찮다는 이유로 넘겼다. 이제는 애정을 담아 별점도 누르고, 간단한 의견도 보내야겠다는 생각이 들었다.

이렇게라도 조금씩 고마운 마음을 표현해야지.

디지털 저장강박자에서 영감 기록자로

어딘가에 도움이 될 것 같으면 스마트폰에 '일단' 저장해 두는 버릇이 있다. 저장해 놓고 다시 보지도 않았다. '그럴 거면 뭐 하러 저장하는 거야' 스스로 의문이 들었지만, 고칠 생각이 없었다. 쓸모의 방향도 모르는 저장 파일 때문에 스마트폰을 새로 살 때면 용량부터 올려서 구입했다. 디지털 파일이라 다행이지, 만약 실물이었다면 우리 집에 온갖 것들이 발 디딜 틈 없이 꽉 차서 누울 자리마저 내어주었을 게 분명했다.

이런 내가 독립서점에서 펼쳐 든 책에서 영감노트를 안 이후부터 달라졌다. 책에는 마케터 이승희 님의 영감 기록 방법에 대한 인터뷰가 실려있었다. 이승희 님도 스마트폰에 저장한 영감은 늘어나는데 정리를 안 해서 인스타그램에 영감노트 계정을 만들어 기록하기 시작했다. 방법도 쉬웠다. 사진이 예쁘지 않아도 되고 나만 알아볼 수 있도록 발견한 영감을 사진으로 찍거나 화면을 캡처해서 인스타그램에 올린 후 왜 저장했는지 이유를 적으면 끝이었다. 인터뷰를 보고 영감노트에 꽂혀서 당장 해야지 마음먹었다.

평소에 남과 비교하며 사는 삶은 싫다며 인스타그램 아이디 하나 없이 살던 내가 영감노트를 위해 인스타그램 계정을 만들겠다고 다짐한 것은 엄청난 결심이었다. 그만큼 나만의 영감노트를 갖고 싶다는 마음이 컸다. 하지만 늘 마음만 앞서고 실행력은 0에 수렴하는 나란 인간은 1년이 지나서야 영감노트 계정을 만들었다.

초반에는 디자인 관련 영감을 주로 영감노트에 올렸다. 평소에 좋아 보이면 일단 저장부터 한 탓에 왜 저장했는지 내 생각을 글로 정리하기가 쉽지 않았다. 그래서 원본 사진과 함께 있던 긴 글을 그대로 복사, 붙여 넣기 했다. 이런 방법은 기록하기는 쉬웠으나 머릿속에 남는 내용이 아무것도 없어서 영감노트를 안 하느니만 못했다.

일단 눈으로 본 내용은 다 저장해두고 싶다는 욕심을 버리고, 정말 좋았던 내용만 적어보기로 했다. 나만의 생각이 떠오르지 않으면 우선 긴 글을 요약만 해서 올렸다. 그러다 점점 개인적인 경험도 녹여내어 영감노트를 기록하기 시작했다.

영감노트에 영감이 모일수록 내가 어떤 것에 관심이 있는지 알 수 있었다. 초반에는 디자인 관련 영감을 올렸지만, 날이 갈수록 디자인과 상관없는 영감이 주를 이루었다. 조금 더 세세히 들여다보니 다양한 분야의 사람들이 자기 일을 대하는 태도, 완성된 결과물보다 결과물이 어떻게 나왔는지에 대한 고민 과정이 영감노트에 반복적으로 기록되어 있었다.

영감노트를 7개월 이상 꾸준히 올렸더니 나만의 영감노트 기록법이 생겼다. 우선 뉴스레터, 유튜브, 책 등 일상에서 무언가를 보다가 마음에 들거나 기억하고 싶은 것이 있으면 사진으로 저장해 둔다. 영감노트에 저장한 사진과 함께 왜 좋았고, 어떤 생각이 들었는지를 적는다. 여기까지는 이승희 님의 영감 기록과 차이가 없었다. 추가로 내가 무엇을 좋아하고 어디에 관심이 있는지 한눈에 알고 싶어서 저장한 영감을 구글 시트에 카테고리로 분류했다.

영감을 나누었더니 일, 브랜딩, 기획, 마인드셋 등의 내용을 영감노트에 자주 올렸다는 것을 알 수 있었다. 여기에 더해 영감 중에서도 유난히 기억에 남고 좋았던 영감은 배경색을 다르게 표시해 두고, 기록한 영감을 나의 상황에 맞춰 어떻게 활용하면 좋을지에 대한 내용도 적어뒀다.

처음엔 영감을 엑셀에 하나하나 기록했더니 너무 사무적이고, 일하는 기분이 들기도 하면서 경직된 느낌이 들었다. 영감노트:) 에서 갑자기 영감 데이터 분석(최종).xlsx가 된 것 같았다. 하지만 내가 좋아하는 것이 무엇인지 알고 싶다는 마음이 커서 어쩔 수 없었다.

최근에는 찐영감을 기록하고 있다. 찐영감은 인스타그램에 올리기엔 너무 내용이 길지만 주기적으로 들여다보고 싶은, 나에게 직접적으로 도움이 될 만한 영감을 혼자 볼 수 있는 공간에 기록한 것이다. 영감노트 인스타그램에는 가볍게 기록하다 보니 더 자세히 기록하고 싶다는 갈증을 찐영감에 풀어서 만족스러웠다.

처음엔 단순히 모아두기만 하고 휘발되는 영감이 아까워서 붙들고 싶은 마음에 영감노트를 시작했다. 이제 영감노트는 내가 요즘 뭘 좋아하고 관심이 있으며 어떤 생각을 하면서 지내는

지, 내가 어떤 사람인지 알려주는 친구 같다.

　누가 시키지도 않았는데 스스로 영감노트 기록을 열심히 하는 내 모습이 낯설다. 그만큼 내가 영감노트에 재미를 느낀다는 뜻이겠지. 영감노트 기록에 대한 만족도가 높아서 꾸준히 계속하고 싶다. 앞으로 영감 기록 방법은 어떻게 바뀔지, 어떤 것들이 나에게 영감이 되고 또 어떻게 활용할 수 있을지 기대된다.

기록보다 중요한 것은

심리학과 행동 과학 등 여러 분야의 전문가들은 기록을 통해 자신이 좋아하는 것을 알 수 있다고 주장한다. 그들의 주장과는 달리 10년 동안 일기를 써도 내가 좋아하는 것이 정확히 무엇인지 몰랐다. 내가 그동안 기록을 잘못한 것일까. 내가 놓친 것은 무엇이었을까?

내가 놓친 것은 '다시 보기'였다.

일기를 쓰다 말다 했지만 다 합치면 10년 정도 썼다. 쓰는 데 집중했지 다시 보는 걸 중요하게 생각하지 않았다. '미래의 내가 다시 보겠지' 이런 의도 없이 오늘 하루 돌아보기 정도로 일기를 써왔다. 김신지 저자의『기록하기로 했습니다.』를 읽은 후부터 일기 다시 보기에 재미를 붙였다. 저자는 월말마다 이달의 OO를 기록해 보라고 권유했다. 마치 나만의 월말 시상식을 여는 것처럼. 어려운 일도 아니라 월말이 되자마자 바로 실천했다.

다이어리 왼쪽 한편에 이달의 소비, 장소, 음식, 새로움, 기쁨, 몰입, 만남, 재미를 적어봤다. 이렇게 했더니 자연스럽게 일기를 다시 들여다보게 됐고 한 달 동안 어떻게 지냈는지 한눈에 보였다. 작가가 추천한 책 한 권이, 강원도 가서 먹었던 옹심이가, 밤새가며 몰아서 봤던 웹툰이 나의 한 달을 풍요롭게 만들어줬다는 사실을 알았다.

이달의 OO를 선정하는 과정에서 내 마음속 1등과 2등 사이에 어떤 걸 1등으로 선정할지 고민했을 때 나의 취향을 잘 알 수 있었다. 예를 들어 이달의 장소를 선정할 때 처음 가본 미술관과 여러 번 가본 바닷가 중 고민이 될 때 같이 간 사람과 어떤 대화를 나누었는지, 얼마나 더 멋진 풍경을 봤는지, 당시 기분이 어땠는지 등을 고려해서 선정했다. 선정하는 과정을 되짚어 봤을 때 내가 무엇을 중요시하는지 알았다.

스케줄 다이어리에는 '9:00-10:00 뉴스레터 읽기' 이런 식으로 오늘 실제로 무언가를 한 시간과 한 일을 적었다. 여분 공간에는 일주일 동안 한 일의 누적 시간을 기록했다. 이렇게 기록해 두면 내가 일주일간 어떤 일에 시간을 많이 보냈는지, 집중했는지 쉽게 알 수 있었다.

일주일 치 스케줄 다이어리를 다시 보면 영감노트 기록과 글쓰는 데 시간을 많이 쓰고 있었다. 내가 쓸 수 있는 시간 중에 영감노트 작성과 글 쓰기에 생각보다 긴 시간을 할애해서 놀랐다. 시간을 많이 써서 힘들었냐고 스스로 되물었을 땐 '전혀 아니다'라는 대답이 나왔다. 내가 많이 보낸 시간만큼 그 일에 관심이 있고 재미를 느끼며 더 잘하고 싶다는 욕심이 있다는 뜻이었다. 또한 시간을 많이 쓰는지도 모를 만큼 몰입했다는 뜻이기도 했다.

스케줄 다이어리에 작성한 내용을 바탕으로 주간·월간 회고를 노션Notion•에 작성했다. 회고 기록에는 일하면서 떠올랐던 다양한 생각을 적었다. 잘한 일을 스스로 칭찬하고, 아쉬웠

• 메모, 문서, 지식 정리, 프로젝트 관리, 데이터베이스, 공개 웹사이트 등의 기능을 하나로 통합한 서비스

던 일을 적기도 했다. 이를 바탕으로 다음 단계에 하고 싶은 일을 정리했다. 주간·월간 회고를 통해 영감노트를 쓸 때 어떤 점이 고민이고 어떤 방향으로 발전시키고 싶은지, 글 쓰기를 하면서 얼마나 솔직하게 써야 하는지, 글이 잘 안 써질 때는 기분이 어땠는지. 다양한 각도에서 생각해 볼 수 있는 기회를 얻었다.

평소에 좋아하는 것이 없어서 고민이라면 기록과 회고를 강력히 추천하고 싶다. 기록을 남길 때는 '기록을 통해 의미 있는 결과를 얻어 내겠어!'라며 당찬 포부와 함께 어깨 힘주고 기록하기보다는 편하게 부담 없이 지속해서 기록하는 것이 좋다.

기록은 재료이고 회고는 요리 같다는 생각이 들었다. 회고를 통해 기록이라는 재료를 어떻게 요리해 먹을지 끊임없이 고민해야 한다. 요리하지 않고 재료를 그대로 둔다면 냉장고 안에서 시들다 버려질 것이다. 재료가 시들기 전에 비빔밥이든 볶음밥이든 뭐든 해 먹어야 한다.

그동안 무시해서 미안해

앞서 기록과 회고의 즐거움을 여러 번 언급했지만 기록하고 회고하길 정말 잘했다고 생각한 경험이 있었다. 이 경험 덕분에 내가 놓친 마음의 소리를 들여다볼 수 있었고, 머리를 쥐어뜯으며 오랜 시간 고민했던 선택의 갈림길에서 내가 원하는 길을 선택할 수 있었다.

회사가 나에게 고통을 줄 때마다 스스로 이직을 처방했다. 처방 효과는 나름 만족스러웠다. 연봉, 업무 환경, 복지 등 현재 회사보다 나은 곳을 목표로 움직였다. 부작용으로 이전 회사에는 없던 단점이 새 회사에 있었지만. 늘 그래왔듯이 이번에도 나에게 이직을 처방할 예정이었다.

　이직할 회사는 목표보다 아쉬운 부분이 있었지만, 팀 구성이나 업무환경이 현 회사와 비슷해서 금방 적응할 수 있을 것 같았다. 객관적으로 조건이 나쁘지 않고 브랜드 밸류Brand value도 더 좋은 회사로 이직할 기회였다.

　전에 이직할 때보다 이번에는 유독 번아웃이 심한 상태였다. 사실 이직보다 회사를 그만두고 1년간 쉬고 싶었다. 이직은 일시적인 해결 방법일 뿐이었다. 업무 인수인계를 받고 새로운 환경에 적응하느라 정신없는 날들이 지나가면 다시 동태눈이 될 게 뻔했다. 하지만 공백 기간에 정신적으로 고통스러웠기에 이직하지 않고 회사를 그만두는 게 무서웠다. 그 괴로운 시간을 망각하다니. 지난 고통을 다시 겪으려 하는 어리석은 나에게 얼마나 힘들었는지 상기시켜 주기 위해 오래된 다이어리를 펼쳤다.

　다이어리에는 공백 기간에 힘들어하던 내 모습이 그대로 있었다. 주문을 걸듯이 다이어리 한 쪽에 '12월 내에 이직한다'로 빼곡히 반복해서 쓴 부분은 어쩐지 짠했다. 연봉 얼마 이상, 파티션 있는 자리, 배울 점 많은 사수, 좋은 팀원, 통근 시간은 한 시간 내 등 다니고 싶은 회사의 조건을 자세하게 적어두기도 했다. 걱정 때문에 밤새 잠이 안 와서 아침까지 뜬눈으로 보냈던 날도 자주 있었다.

역시 일기를 다시 보니 그때의 힘든 기억이 생생히 떠올랐다. 그런데 다이어리에 내가 예상하지 못했던 일기가 있었다. 디자이너라는 직업에 대한 회의감, 회사 생활에 대한 무력감, 회사 밖에서 돈 버는 삶, 프리랜서 생활은 어떨지에 대한 호기심을 일기로 기록해 놨다. 놀라운 사실은 이런 일기를 8년 전부터 시작해서 이직할 때마다 반복해서 썼다는 것이었다.

디자이너가 아닌 다른 직업이 늘 궁금했다. 디자이너가 아닌 사람들은 자신의 직업에 만족할까? 디자이너보다 더 잘 맞는 직업이 있지 않을까? 하지만 그동안 터득한 지식과 경험을 버리고 다른 직업을 선택하는 것은 쉽지 않았다. 그저 남의 떡이 더 커 보이는 거라며 계속해서 디자이너의 길을 걸었다. 이직을 하면서 산업을 바꿔보기도 하고 공간을 다루는 디자이너에서 그래픽을 다루는 디자이너로 전환해도 디자이너라는 직업에 대한 만족이 채워지지 않았다.

회사 어딜 가나 존재하는 또라이는 내 정신을 피폐하게 만들었다. 기업 정보 서비스를 제공하는 잡플래닛Jobplanet과 블라인드Blind를 백날 뚫어지게 보고 피해도 해결이 안 되는 문제였다. 심지어 또라이 1이 퇴사하면 해결될 줄 알았는데, 또라이 2가 기가 막히게 채웠다. 절대 내 의지대로 굴러가지 않는 회사 생활에 무력감을 느꼈다.

회사에 쓰는 시간이 아까웠다. 아침에 일어나 출근 준비부터 퇴근하고 집에 도착해서 씻는 시간까지 대략 13시간을 회사에 쓰고 있었다. 회사에서 정해준 자리에, 회사가 고른 사람들 사이에서, 회사를 위한 일을 앞으로 계속해야 한다는 사실이 숨 막혔다.

8년 전 일기는 마치 오늘 쓴 일기 같았다. 지금 하는 고민이 길어봤자 2년 정도 된 고민인 줄 알았다. 수년 전부터 같은 문제를 고민했다는 사실에 놀랐다. 마음의 소리를 무시한 결과, 크고 무서운 파도가 되어서 돌아온 기분이었다.

한결같이 같은 고민을 해왔다면 더 이상 모른척할 수 없었다. 이제는 두렵다는 이유로 피할 수 없는 지경에 이르렀다. 지금 안 하면 미래의 내가 후회할 것 같은 선택이 무엇인지 생각하니 답이 나왔다. 나에게 필요한 건 새로운 회사가 아니라 내가 살고 싶은 삶의 방향을 찾는 것이었다.

마음의 소리를 기반으로 이직을 포기하고 갭이어Gap Year*를 선택했다. 잘 지내다가도 가끔 불안감이 '너 불안할 때가 된 것 같은데?' 하며 내 마음의 문을 벌컥 열고 들어올 때도 있었지만, 갭이어를 선택한 것에 대한 후회는 단 한 번도 없었다. 오히려 갭이어를 더 일찍 할 걸 그랬다는 후회만 있었다.

이 경험을 통해 마음의 소리를 자주 들여다보고, 무시하지말고 귀 기울이자고 다짐했다. 내가 놓친 마음의 소리를 들여다보면 앞으로 내가 어떤 방향으로 가야 하는지 알 수 있다. 그방향은 내가 좋아하는 것을 찾는 데 도움을 줄 방향에 가깝다. 기록이 어렵고 부담스럽다면 평소에 내가 어떤 생각을 반복하는지 떠올려보는 것도 좋다. 주변 사람들에게 자주 하는 말이나 듣는 말은 없는지 살펴보는 방법도 좋겠다.

• 학업이나 업무를 병행하거나 잠시 중단하면서 봉사, 여행, 진로탐색, 교육, 인턴, 창업 등의 활동을 체험하며 흥미와 적성을 찾고 앞으로의 진로를 설정하는 기간

싫으면 도망쳐

디자이너는 하루 종일 이미지를 보고 산다 해도 과언이 아니다. 눈에 보이지 않는 것을 이미지로 만들어야 하고, 좋은 디자인을 위해 이미지를 수집한다. 일상에서 의도하지 않아도 이미지가 눈을 통해 머릿속을 파고들어 온다. 카페에 가면 커피를 마시다가 인테리어와 소품, 메뉴판 서체, 로고, 인쇄물, MD를 훑어보느라 정신이 없다.

극심한 번아웃이 찾아왔을 때 디자인에 신경 좀 썼다 싶은 모든 것들이 피곤하게 느껴졌다. 한마디로 디자인이 꼴도 보기 싫어졌다. 평소 같았으면 '디자이너가 디자인이 싫어지면 어쩔 건데'하고 무시했을 것이다. 이번엔 마음의 소리를 무시하다 큰 코다친 경험을 되짚으며 의도적으로 이미지를 피하기 시작했다. 그랬더니 신기한 일이 벌어졌다.

일부러 비워둔 자리를 굳이 다른 걸로 채울 생각은 없었다. 이미지를 피했더니 자연스럽게 부담 없이 읽기 쉬운 뉴스레터와 브런치스토리Brunch Story* 글을 읽기 시작했다. 이미지만 잔뜩 보다가 글을 읽었더니 시끄러웠던 마음이 조용해지는 기분이었다.

글을 읽기만 하던 어느 날 갑자기 글이 쓰고 싶어졌다. 갑작스러운 마음에 당황했다. 이런 생각이 드는 데 브런치스토리에 올라오는 다양한 주제의 글이 한몫했다. 김밥 싼 이야기, 과자 먹은 이야기, 집 청소한 이야기 등 별의별 사소한 일화를 글로 쓴 사람들을 보고 '이런 글도 다 올리는구나' 싶었다. 나도 내 이야기를 브런치스토리에 올려보고 싶었다.

브런치스토리는 네이버 블로그와는 다르게 작가로 승인되어야 글을 쓸 수 있다. 평소에 쓰는 글이라고는 다이어리에 쓴

---

* 카카오에서 운영하는 온라인 글쓰기 플랫폼

짤막한 일기뿐이었다. 아, 회사에서 회삿돈 좀 쓰겠다는 품의서와 시킨 일 다 했다는 보고서도 글이라면 쓰긴 했다. 이런 나도 작가가 될 수 있을지 의심했다. 초등학교 3학년 때 독후감을 쓰고 상장을 받았던 경험 하나 믿고 브런치스토리 작가로 도전했다.

작가 신청을 위해 작가소개, 브런치스토리 활동 계획, 글 작성 샘플을 작성하는 데 두 달은 걸렸다. 한 번에 작가가 되지 않으면 글쓰기에 금방 흥미를 잃고 안 할까 봐 작가 승인된 사람들의 후기를 참고하면서 엄청나게 썼다 지웠다 했다. 한 번에 승인된 사람도 많았지만, 여러 번 도전해서 겨우 승인된 사람도 많았기에 긴장을 늦출 수 없었다. 작가 신청 다음 날, 마음을 비워야지 해놓고 하루 종일 브런치스토리 앱 알람만 쳐다봤다.

어떤 사람이 올린 작가 신청 후기에서 작가 승인은 다음 날 됐고, 미승인은 3일 정도 걸렸다고 했다. 오후 5시가 넘은 시간. 6시까지 알람이 안 오면 떨어졌다고 생각하려던 참이었다. 그때 아이패드 화면이 환하게 켜졌다. 작가 승인됐다는 알람이었다! 몇 년간 회사에서도 느껴보지 못한 성취감이 차올랐다. 나를 '작가님'이라고 부르는 메시지를 받은 순간 진짜 책을 발간

한 작가가 된 기분이었다.

일주일에 하나씩 브런치스토리에 글을 올리자고 나와 약속했다. 어떤 날은 누가 대신 써주는 사람이 있는 것처럼 술술 잘 써졌고, 어떤 날은 머리를 쥐어짜 내도 글이 안 써졌다. 글이 안 써지는 날은 텅 빈 화면에 뭐부터 써야 할지 막막했다. 어차피 나중에 고칠 거니까 일단 적자며 생각나는 대로 마구 적으면 예상치 못했던 내 생각이 글로 튀어나왔다.

튀어나온 글을 주섬주섬 정리하면서 의도하지 않았던 방향으로 글이 써질 때도 많았다. 예상과 다르게 흘러가는 이 순간이 오히려 좋았다. 마치 글을 쓰면서 새로운 세상을 여행하는 기분이 들었다. 글쓰기는 새로운 세상뿐만 아니라 과거도 실컷 여행하게 해줬다. 글감을 위해 과거를 헤집다 보면 생각보다 더 훨씬 어릴 적까지 갈 때가 있었다. 그곳에서 잊고 있었던 나를 발견했다. 글을 쓰기 전까지 과거는 그저 '기억'이었을 뿐이었다. 하지만 과거를 글로 쓰는 순간 '나만의 이야기'가 되었다.

글을 쓰면서 퇴고의 즐거움을 알았다. 희한하게 글을 다시 읽어볼 때마다 수정할 거리가 생겨서 신기했다. 중복되는 단어를 고치고, 글의 순서를 바꿔보고, 과감하게 한 문단을 삭제하기도 했다. 퇴고를 하면서 점점 좋아지는 글을 보면 뿌듯하고 기분이 좋아졌다.

예전에는 다른 사람이 쓴 글을 읽을 때 공감 가는 글에 밑줄을 그었다. 이제는 재밌고 색다른 표현, 낯선 단어에 밑줄을 친다. 내가 쓰는 글에 활용하기 위해서. 같은 책이어도 글을 쓰는 사람의 시선에서 읽었더니 아예 다른 책 같았다. 그렇게 나의 세계가 넓어졌다.

'컬러가 서로 어울리나, 이미지가 한눈에 잘 보이나, 서체를 바꿔볼까' 같은 생각을 주로 했던 나였다. 이제는 '단어가 서로 어울리나, 글이 술술 읽히나, 제목은 뭐라고 지을까' 이런 생각을 한다. 정말 상상도 못했던 일이다. 글을 쓰면서 겪는 생경한 경험이 마냥 좋다. 글쓰기와 관련된 모든 경험은 싫어하는 것에서 벗어나려 했기 때문에 가능했다. 도망치지 않았다면 글쓰기의 즐거움을 어쩌면 평생 몰랐을 것이다. 도망치길 잘했다.

예상치 못한 곳에서 찾은 단서

좋아하는 것이 없는 사람이 무엇을 좋아하는지 찾으려면 왠지 특별하거나 대단한 경험을 해야 할 것만 같았다. 그동안 재미있는 일을 겪지 못해서, 일상이 매일 반복되고 평범하니까 좋아하는 게 뭔지도 모르고 사는 거 아닐까. 의외로 내가 좋아하는 것이 무엇인지 단서를 얻은 곳은 아주 사소하고 평범한 일상이었다.

회사 메일에서 찾은 단서

회사에서 메일을 쓰는 일은 그저 업무를 위해 필요해서 하는 일이다. 감사하지도 않은 일에 더 이상 할 말이 없어 '감사합니다'로 끝내는 메일이 특별할 게 있을까. 나에게 업무 메일이란 '그런적 없다'에 대응할 증거에 가깝다. 이토록 재미없는 회사 메일을 쓰면서 재미있는 일이 있었다.

회사에서 메일을 쓰면 끝에 서명을 넣는다. 회사명, 이름, 직책, 부서, 전화번호, 메일주소, 회사 주소. 서명에 정해진 형식이 없어서 직원들은 자유롭게 썼다. 명함을 사진으로 찍어서 서명으로 쓰는 사람도 있었고, 회사 로고를 유난히 크게 넣는 사람, 영문으로만 표기하는 사람 등 서명만 봐도 직원들의 특성이 조금씩 드러났다.

마음에 드는 서명 서식이 없어서 보기 좋게 정리했다. 명함이 서명으로 쓰기에 가장 적합한 서식이라고 생각해서 명함 디자인을 참고해 비슷하게 서명으로 만들었다. 언제부턴가 팀원들과 메일을 주고받으면서 익숙한 서명이 눈에 띄기 시작했다. 내가 쓰는 서명 서식을 말없이 그대로 따라 하는 사람이 하나둘 늘었기 때문이다. 다른 직원들이 보기에도 서명 서식이 마음에 들었는지 따라 하는 모습이 어쩐지 귀엽게 느껴졌다. 별것 아니지만 괜히 기분이 좋았다.

친구와 나눈 대화에서 찾은 단서

친구로 지낸 지 20년 넘은 친구가 있다. 오래된 친구와 나누는 이야기는 대단하지 않다. 서로 바빠서 1년에 한두 번 겨우 만나 못 본 동안 있었던 일 얘기하고, 한 얘기 또 하고, 추억팔이하는 게 전부다. 친구가 우리 집에서 가까운 동네로 이사를 왔다. 친구가 사는 동네에 내가 자주 가는 도서관이 있었다. 친구는 집 근처에 도서관이 있는지 몰랐다고 했다. 나는 여기 자주 간다며 책도 많고 시설도 좋다고, 집에서 가까우니까 한번 가보라고 얘기했었다. 몇 주 지나서 친구가 메시지를 보냈다. 내가 말한 도서관에서 회원가입하고 책도 빌렸다며 사진을 보내줬다. 솔직히 친구가 알았다고 하고 도서관에 안 갈 줄 알았다. 나도 누군가가 추천하면 영혼 없이 알았다고 하고서 넘긴 적이 많았기 때문이다. 친구와 좋은 경험을 공유해서 뿌듯했다.

댓글에서 찾은 단서

브런치스토리에 글을 올리면서 댓글이 없어도 별로 신경 쓰지 않았다. 누구든 봐주었으면 하는 마음도 있었지만, 나의 만족을 위해 올린 글이었기 때문에. 글이 점점 쌓이면서 보는 사람이 늘었고 댓글도 하나씩 달리기 시작했다.

초반에는 내가 쓴 글을 읽긴 한 건지, 본인이 쓴 글도 봐달라는 의미나 마찬가지인 댓글이 대부분이었다. 어느 날 내가 올린 글에 평소와 다른 댓글이 달렸다. 글을 보고 자신이 느낀 점과 평소 생각, 글과 연관된 본인의 경험을 쓴 댓글이었다. 종이책과는 다르게 내 글에 댓글까지 포함해서 한 편의 글처럼 느껴졌다. 누군가에게 생각할 거리와 공감할 거리를 주었다는 사실에 기뻤다.

내 글을 읽고 독자가 시간을 내어 자신의 이야기를 수고스럽게 풀어놓는다는 사실이 이렇게 기분 좋은 경험일 줄 몰랐다. 내가 쓴 글을 바탕으로 사람들과 댓글로 소통하면서 그때와 비슷한 감정을 느꼈다. 회사 사람들이 내가 만든 메일 서명을 따라 하고, 내가 추천한 도서관을 친구가 기억하고 이용했던 바로 그때.

작은 단서들을 통해 내가 타인에게 긍정적인 영향을 주는 것을 좋아하고, 주변 사람들과 좋은 경험을 공유할 때 만족감을 느낀다는 것을 깨달았다. 나의 사소한 행동, 취향, 관심사가 다른 사람들에게 영향을 주고, 그들의 행동에 변화를 일으킬 수 있다는 사실이 즐거웠다. 단순한 정보 전달보다 내가 직접 겪은 경험, 나의 관점이 더해진 이야기, 나의 취향이 드러나는 창작물을 다른 사람들과 공유하고 소통할 때 만족도가 컸다. 나의 작은 행동이나 습관이 타인에게 긍정적인 영향을 끼칠 수 있다는 인식은 자신감을 키우고, 더 많은 사람에게 영향을 미치고자 하는 동기를 부여했다.

발견한 단서들을 이어서 언젠가 뉴스레터를 발행해 보고 싶다는 생각이 들었다. 뉴스레터는 구독자의 메일로 전송되기 때문에 브런치스토리와 인스타그램보다 구독자와 거리가 가깝다. 직접 만든 콘텐츠를 통해 나와 결이 맞는 독자와 단발성 소통보다 지속적이고 깊이 있는 소통을 하고 싶다. 같은 관심사를 가진 사람들과의 소통은 나와 구독자 서로에게 긍정적인 영향을 미칠 수 있지 않을까.

좋아하는 것을 찾기 위해 필요한 건 대단한 경험이 아니라 내가 무엇을 좋아하는지 궁금해하는 마음이었다. '고작 이런 데에 숨어있었어?' 하고 예상치 못한 순간에 찾는 묘미. 앞으로도 일상에서 좋아하는 것을 마음껏 얻기를.

나가며

"어떻게 사람이 좋아하는 것만 하고 살아"

공감하는 말이면서도 문득 저 말 때문에 내가 무엇을 좋아하는지 찾는 데 소홀했다는 생각이 들었습니다. 좋아하지 않는 것에 시간과 노력을 쉽게 내주었습니다. 어느새 세상은 제가 좋아하지 않는 것들로만 가득 차 있었어요. 좋아하는 것만 100% 하면서 살지 못하더라도, 조금씩 늘려갈 순 있잖아요. 현재 좋아하는 것을 하면서 사는 순간이 20%뿐이라면 30%, 50%, 60%…. 노력에 따라 그 이상도 채울 수 있지 않을까요?

저를 포함한 많은 사람이 좋아하는 걸 하는 시간을 점점 더 많이 채워가며 재미있게 살았으면 좋겠습니다.

2023년 11월부터 일주일에 하나씩 브런치스토리에 글을 올리자며 스스로 약속하고, 7개월쯤 걸려서 결국 책까지 제작하게 되었습니다. 누가 시키지도 않았고, 돈을 벌지도 못 했는데 어떻게 혼자서 끝까지 할 수 있었을까요? 이게 바로 좋아하는 마음이 가진 힘이라고 생각합니다.

어도비Adobe 디자인 프로그램보다 맞춤법 검사기와 국어사전을 더 자주 들락날락한 경험은 디자인 학과 생활 이후로 처음이었습니다. 처음이어서 재밌었던 걸까요? 글이 술술 써질 때도 즐거웠지만 지독하게 안 써지는 순간도 은근히 즐겼습니다. 마치 고뇌에 빠진 진짜 작가가 된 기분이 들어서요.

독립출판은 하나부터 열까지 제가 정해야 할 일투성이었습니다. 글의 주제와 목차, 누구를 타깃으로 글을 쓸지부터 시작해 서체는 같은 명조체여도 부드러운 명조체를 쓸지 날카로운 명조체를 쓸지, 책 크기는 더 작게 할까 크게 할까, 종이는 흰색으로 할까 미색으로 할까, 내지 여백은 얼마나 줄지 자로 재보고, 지인에게 나눠줄 만큼만 제작할지, 판매까지 도전해 볼

지…. 결코 쉽지 않았지만 처음부터 끝까지 스스로 결정하는 경험은 무엇보다 즐거웠습니다. 회사에 다닌 10년보다 독립출판을 준비하는 7개월 사이에 더 높은 성취감과 만족감을 얻었습니다.

처음엔 덕후처럼 살고 싶어서 시작한 글이었습니다. 내가 좋아하는 것을 찾기만 하면 덕후처럼 푹 빠져서 좋아할 거라고 확신했어요. 책을 쓰는 시간은 무엇이든 쉽게 좋아하지 않는 나를 받아들이는 과정이었습니다. 좋아하는 마음을 관찰하면서 나답게 좋아하는 방법은 무엇일지 고민하게 되었습니다. 미친 듯이 좋아하지 않아도 천천히, 잔잔하게, 때로는 마음이 작아졌다 커졌다 하면서 충분히 몰입하며 좋아할 수 있다는 사실을 알았습니다. 제가 쓴 글대로 계속해서 좋아하는 것을 찾고, 시도하고, 즐기는 삶을 살고 싶습니다. 살다가 '좋아하는 것을 하면서 재미있게 살자'는 다짐을 잊은 순간에 언제든 이 책을 펼쳐볼 거예요.

'나가며'를 쓰는 지금까지도 디자인을 좋아하는 마음은 돌아오지 않았지만, 디자인을 하면서 즐거웠던 순간을 회고하며 제가 좋아하는 것들과 조합해 보고 이전과는 조금 다른 길을 걸어갈 예정입니다. 돌아보면 그동안 장식가에 가까운 디자이너였습니다. 본질은 뒤로하고 겉보기에만 번지르르하게 꾸미는 일에 회의감이 들었어요. 앞으로는 본질을 다루는 일에 집중하고 싶습니다. 그 역할이 디자이너가 될지 다른 업이 될지는 고민 중입니다.

　책을 다 읽었지만, 여전히 좋아하는 것을 찾지 못할까 두려운가요? 가장 쉬운 방법이 있습니다. 나에게 다정하게, 자주 물어봐 주세요. "난 뭘 좋아해?"라고. 생각보다 주변 사람에게 이 질문을 들을 일이 없어서 내가 뭘 좋아하는지 생각하지 않아요. 나에게 직접 물어보면 자연스럽게 여러분이 좋아하는 것을 찾고 싶어질 거예요. 숨어있던 좋아하는 마음이 보일 수도 있고요. 저도 이 질문에서 시작해 여기까지 왔어요.

　글쓰기를 진심으로 응원한 가족과 남자친구, 친구들, 온라인에서 글을 읽은 분들, 글 읽은 소감을 정성스럽게 댓글로 쓴 분들, 책을 펼쳐 읽은 모든 분들께 감사드립니다.

도대체 난 뭘 좋아해?

ⓒ 재밋

1판 1쇄 2024년 7월 1일
1판 2쇄 2024년 7월 16일

지은이 재밋
기획·편집 재밋
디자인 재밋
발행처 인디펍
발행인 민승원
출판등록 2019년 1월 28일 제2019-8호
이메일 cs@indiepub.kr
대표전화 070-8848-8004
팩스 0303-3444-7982

ISBN 979-11-6756563-1(03810)